雨夜灯

林少华　著

青岛出版社
QINGDAO PUBLISHING HOUSE

图书在版编目（CIP）数据

雨夜灯 / 林少华著 . — 青岛：青岛出版社，
2019.3

ISBN 978-7-5552-8071-2

Ⅰ.①雨… Ⅱ.①林… Ⅲ.①随笔 – 作品集 – 中国 –
当代②杂文集 – 中国 – 当代 Ⅳ.① I267.1

中国版本图书馆 CIP 数据核字（2019）第 042126 号

书　　名	雨夜灯
著　　者	林少华
出版发行	青岛出版社
社　　址	青岛市海尔路 182 号（266061）
本社网址	http://www.qdpub.com
邮购电话	13335059110　0532-68068026
责任编辑	杨成舜
特约编辑	曹红星
封面设计	末末美书
照　　排	青岛佳文文化传播有限公司
印　　刷	青岛国彩印刷有限公司
出版日期	2019 年 5 月第 1 版　2019 年 5 月第 1 次印刷
开　　本	32 开（787mm×1092mm）
印　　张	9.25
字　　数	150 千
印　　数	1–5000
书　　号	ISBN 978-7-5552-8071-2
定　　价	59.00 元

编校印装质量、盗版监督服务电话 4006532017　0532-68068638
本书建议陈列类别：文化随笔

目录

第一编　不想回城

无法洄游的"鲑鱼" / 2

往日故乡的腊月 / 6

拜年：难忘磕头 / 10

春节的喜鹊 / 14

夜半听雨 / 18

倪萍的姥姥和我的姥姥 / 22

青州的柿子 / 26

永恒的风景 / 30

"初恋"：我的第一份工作 / 34

醉卧钱塘 / 39

乡间使生活更美好 / 43

不想回城 / 47

城乡差别和牙医 / 51

保守也是优势 / 55

一贫如洗和"一富如洗" / 59

"香车美女"和三轮摩托 / 63

并非另类的婚礼 / 67

换了人间 / 70

第二编　中国何必在舌尖

"高墙"与"鸡蛋"之间的困惑 / 76

城管的眼睛和我们的眼睛 / 81

领导说"蒲公英是杂草" / 85

贪官其实很可怜 / 89

警车开道与"回避·肃静" / 93

我为什么要改洗脚馆为图书馆 / 96

中国何必在舌尖 / 101

有钱人"比较研究" / 105

数量关乎尊严 / 109

农村：拒绝儿子 / 113

车：买还是不买，这是个问题 / 117

"少不入川……" / 121

"甄嬛体"和"杜甫很忙" / 125

候机大厅里的讲演 / 128

美女有树好看吗？ / 131

三个杯：四个人 / 134

足球与高俅 / 137

公路收费站的微笑 / 141

第三编　教育就是留着灯

致人大校长公开信 / 146

梦醒时分："教师节能不能取消？" / 150

朱校长和"牛"校长 / 154

清华教授何以绝食 / 158

读"道"：大学之道、为师之道…… / 162

屈原缺席端午节 / 167

文化与《围城》/ 171

指标：一切浪漫情调的死敌 / 175

"211"与血统论 / 179

教育就是"留着灯" / 183

放飞季节：拒绝庸俗 / 187

惊心动魄的七个字 / 190

复旦的心灵 / 193

秋天，未名湖畔 / 197

冰雪"哈军工" / 201

第四编　诗意正在失去

八十年代：贫穷与奢侈 / 206

文化回眸：《独唱团》与"羊羔体" / 210

诗意正在失去 / 213

"处长"和我：谁错了？ / 217

我的另两只眼睛 / 221

传播源于爱 / 225

春天：伟大的母亲 / 229

麻将 PK 书：谁输？ / 233

来生的选择 / 237

铁生永生 / 241

史铁生的母亲 / 245

中日空姐"比较研究" / 249

空姐和"语言学教授" / 253

呜呼《关云长》 / 257

村上春树何以中意陈英雄 / 261

"蟹料理"席间的错位 / 265

"班花"与日本人的婚礼 / 268

《青岛晚报》：永远的槐花

　　——写在《青岛晚报》创刊二十周年 ／ 272

中年是一部小说 ／ 275

村上的"小确幸"和我的"中确幸" ／ 279

歪打正着：我的文学翻译之路 ／ 283

第一编　不想回城

无法洄游的"鲑鱼"

"飞鸟恋旧林,池鱼思故渊"。而我,更像一条鲑鱼,在广阔的海域中游了几圈耍了一阵子,忽然涌起一股冲动:游回自己的出生地看看。听母亲说,我是初冬时节在那个村子出生的。接生婆没来我先来了,母亲就在灶前柴草上拿一把剪刀蘸了蘸热水,自己剪断脐带。于是我完全脱离母体,来到东北平原一个已经开始变冷的普通村落里。在那里长到两三岁,而后随父母迁往县城。

这样,那个村子就成了"老屯"——我们外迁的族人都这样称呼——其实两三岁后我也并非没回过老屯。爷爷奶奶住在那里,上小学前我在爷爷奶奶身边生活过两三年。清晰地留在记忆里的,要数房前屋后一朵一朵的南瓜花和大片大片的土豆花。南瓜花有碗口大小,嫩黄嫩黄的。我知道蝈蝈(知了)特喜欢吃这种花,便去南草甸子里捉来蝈蝈,关进用秫秸（高粱秆）编的小笼子里，挂在房檐下，往笼子里塞南瓜花喂它。它不时突然想起似的颤动着翅膀叫一阵子，连同老母鸡下蛋后的"嘎嘎"声，合成夏日乡间午后不无倦慵的交响曲。不过，我更喜欢土豆花。从老屋往后走不远，就是一大片望不到边的土豆地。蝈蝈叫的时候正是土豆花开时节，蓝里透紫的小花单看毫不起眼，但连成一片漫延开去，就有一种难以言喻的气势美，好像能漫延到天上去。土豆花的香气很浓，甜津津辣丝丝苦麻麻的，直冲鼻孔，那是大片土豆花特有的香气。对于我，就成了老屯特有的气味。多少年来，只有两年前去日本北海道旅行时才见到那铺天盖地般的土豆花，闻得它久违的香气。

另外留在记忆里的，就是老屋西侧的土院墙了。墙极高，大人伸手都够不着墙头上的狗尾草。墙内是爷爷奶奶的菜园子，墙外是一条走得过牛车的土道，隔道是邻院同样高的土院墙。墙根是一排遮天蔽日的大榆树，土道正得一片阴凉，我就和两个和我同龄的叔辈伙伴在树下玩耍。就这么着，高土墙和大榆树成了我魂牵梦萦的一道"原生风景"。我从未见过相似的风景。身心都极疲劳的时候，往往闭目片刻，想象树荫和土墙下的自己。深邃，高远，繁茂，土的气息，树的阴凉……于是我重新精神起来。

老屯，我的出生地和儿时的乐园！那里究竟怎样了呢？

不用说，我出生的地方即是母亲分娩阵痛的地方。我是母亲的第一胎，那时她刚刚二十岁。如今二十岁的女孩正上大二，而母亲却在灶前柴草上自己用剪刀剪断婴儿和自己之间的脐带，那是怎样的场景、怎样的动作、怎样的眼神和心境啊！而今母亲已经走了，走了四五年。由母亲带到世界上来的我也已年届花甲了。

我一定要回老屯，一定要去看看母亲生我、我出生的地方！

我不知道老屯具体在哪里，找老姑一起去。小时候要从县城步行四五十里的土路，现在成了柏油路，出租车跑起来不出二十分钟。老姑在车上告诉我，我出生的西厢房早已不在了。我说房址总该在吧。不料下车进村，老姑说房址也不好找了，"到处是苞米地，哪里认得准呢！"我们开始找爷爷奶奶的老屋。三间土房还在，但几易房主。院门锁着，房前屋后全是茂密的玉米，只隐约露出草房脊和土山墙的一角。可那是怎样的一角啊！终于找到有院门钥匙的人，得知房主已外出多年，房子早就没人住了。进得院门，穿过几乎走不进人的玉米地，好歹摸到房前。房前蒿草有一人多高，从中闪出的房檐上苫的草已经腐烂，椽头裸露，窗扇玻璃破了好几块。老姑摸着油漆剥落的窗框说："窗户还是你爷爷打的呢！"往里窥看，炕席残缺不全，上面零乱堆着杂物。炕下是裸土地，也堆着杂物。门扇里倒外斜。勉强绕到房后,后墙多年没抹泥了。风吹雨淋,墙泥里的草秸如潦草的日文字母显现出来。墙体裂了一道好大的缝隙,随时都有坍塌的可能。这就是当年我在房檐蝈蝈笼下度过快乐时光的老屋吗?我倒吸了一口凉气。

摸出院子,去西面找院墙。墙倒是有,但成了红砖墙。砖块之间没用水泥勾缝,像是随意码起来的,不及里面玉米秧一半高。另一侧也差不多是同样情形,大榆树荡然无存。中间路面仍是土路,零星扔着冰棍纸、速食面包装袋、空塑料瓶、塑料袋等花里胡哨的"现代"垃圾。南瓜花尚可见到,但不闻蝈蝈的叫声;土豆花也还有,但只是垄头地角那么几丛几朵,无精打采。进一家小店买水解渴,店里好几伙人正闷头打麻将。我不认识他们,他们不认识我,也没看见我……

原先差不多一半姓林的村子只剩两三家林姓了。嫡亲只存一家。在那里我见到了太爷爷留下的有半个桌面大的一对旧木匣。后来我讨了一个同样旧的小木匣,上面的红漆变黑了,花纹更黑,看不真切了。我决定把小木匣带走。带走"老屯",带走"故乡"——既然鲑鱼无法游回出生地,那么就把"出生地"带走吧!

(2012.8.20)

往日故乡的腊月

回想起来，即使乡间小学，上世纪五六十年代也有足够水准的老师。我有幸受教于一位从旧中国过来的小学老师——姓怀，怀老师，仍健在，八九十岁了——从语文算术到音体美，上什么都顶呱呱。我至今仍牢牢记得他大概在地理课上讲的五句话："一三五七八十腊，三十一天永不差。四六九冬整三十，唯有二月二十八，闰年再把一日加。"腊，即腊月，本来指农历十二月，这里用来指公历十二月——他就是这样把一年大小月概括得准确无误，朗朗上口，至今仍在我的日常生活中发挥作用。这才是教育！

今天只说腊月，本义农历腊月，东北的腊月。这是因为，一来我是在东北长大的山东人；二来东北的腊月才叫腊月，才是寒冬腊月的腊月。那可真叫冷，零下三四十度，此刻写出的腊月两个字都好像飕飕直冒冷风。东北土话叫"嘎嘎冷""贼冷贼冷贼贼冷"。尿没等尿到地上就冻成冰棍了，得赶紧用棍子敲——这么说固然是笑话，却又不纯属笑话。毕竟滴水成冰是冰一样坚硬而冷酷的事实。与此相比，青岛的腊月才纯属笑话，零下三五度能算腊月吗？

说回东北的腊月。往日东北故乡的腊月大约有三个习俗：吃腊八粥、蒸年糕、送灶王爷。腊月冷，腊八尤其冷，"腊七腊八，冻掉下巴"。为了不让下巴冻掉，就得赶紧用下巴喝粥。俗称"腊八粥"，类似如今的"八宝粥"。艰苦岁月，又是乡下，粥里当然没有八宝，大体是用大黄米小黄米（类似小米的糯米，学名"糯黍"）加扁豆红豆熬出的粥。黏黏的，半稀半稠，热气腾腾，直烫嘴。大人小孩，一人捧一大碗，呼噜噜闷头猛喝。不小心喝到下巴上，得以确认下巴仍在。不仅下巴，还好像顺着肠胃像通暖气似的一直热到脚后跟。所谓痛快淋漓，莫过于此。

喝完腊八粥，就要蒸年糕了。东北地方大，并非整个东北都蒸。我小时候有两三年是在爷爷奶奶家度过的。那里地处平原，村落大体是"原生态"村落。上下对开的纸糊木棂窗，大块土坯院墙，墙外是土路，土路那边还是院墙和高大的榆树杨树。也是因为那里盛产"糯黍"，一过腊八，家家户户就开始拉碾推磨，把"糯黍"碾磨成黄米面蒸年糕。奶奶往大铁锅里放一块差不多锅盖大小的圆蒸帘，铺上纱布，下面烧火。水烧开后,奶奶就冒着腾腾热气往锅里一把把洒黄米面,洒得差不多了,洒一层红豆,然后再洒面、再洒豆。反复洒到大约一巴掌厚了,就盖上木锅盖,用抹布围住锅口,多加柴火猛烧。再闷一阵子,而后猛一掀锅,但见云蒸雾绕之中,一方金灿灿的晚霞忽地闪现出来。奶奶招呼爷爷,两人合力把蒸帘拎出。奶奶拿刀一条条切成手指厚的长条,再把条切成巴掌长的长方块,放在盘里碗里端上炕桌,让我蘸红糖或白糖先吃第一口……真是幸福一刻,让我觉得世上只有奶奶好! 蒸完年糕蒸豆包。把黄米面和了,包上小豆馅一个挨一个放在蒸帘上。一锅锅蒸,一帘帘端进仓房冷冻。加上年糕,仓房里就像摆满金砖金条金元宝,给辛苦劳作一年的农家带来近乎虚拟的慰藉,平时过穷日子的乡亲们脸上随之漾出略显凄楚的笑容来。

接下来一个习俗,就是送灶王爷上西天了。灶王爷是堂屋灶台烧火口上端一人多高位置供奉的神明。其实就是贴在墙上的一张不很大的古装纸像。左右两侧是对联"上天言好事,下界保平安",横批是"一家之主"。像的下端横一条很窄的搁板,板上放着香炉。腊月二十三过小年这天,爷爷点燃一炷香插进香炉,放上馒头等供品。香燃尽之时,爷爷踩着木凳把烟熏火燎变得黑乎乎的灶王爷纸像连同对联横批小心揭下,在灶口前一边点燃,一边口中低声念叨"上天言好事,下界保平安"。为了确保其只"言好事"而不把所有事都告诉玉皇大帝,有时还用糖饴或年糕往灶王爷唇上抹一下把嘴封住,希望他言完好事后再不言语。最后对着灶王爷升天的一缕青烟跪下磕头,仪式至此结束。过了七天,也就是腊月最后一天即大年三十这天早上再把灶王爷迎回——将一张新的纸像贴在同一位置。不用说,这一习俗随着一九六六年"文革"席卷城乡大地而终止。迷信也罢什么也罢,反正没灶王爷保平安,不少人家果然不平安了:妻子揭发丈夫,儿子批斗父亲,孙子和祖父"划清界线"……

也是由于这个原因,我很有些怀念灶王爷。他老人家上天"述职",一去四十五年了,是不是该"下界保平安"了?

（2012．元．2）

拜年：难忘磕头

地无分南北，山无分东西，春节拜年是中国人的传统习俗。不用说，这一习俗原本主要流行于亲朋好友尤其亲戚圈这一群体之中。而我以至我的家族大体算是离群索居者。虽是山东人，但闯关东时还是烟台叫登州府的时代，只知晓祖籍登州府蓬莱县，至于何乡何村有何亲人，早已无从查考了。及至我，虽然出生在东北平原一个足够大的村庄，但还没懂事就随父母迁居县城，辗转之间后来落户在一个只有五户人家的小山村，五户各依山坡而居，往来极少。长大后我只身去省城念书，毕业后只身南下广州，只身东渡日本，二十多年后又只身北上青岛。这就是说，无论祖辈父辈还是我本人，许多岁月都是在背井离乡举目无亲的环境下谋生或求学的，都是广义或狭义上的异乡人。所以，拜年时基本无亲可拜。我猜想这未尝不是我性喜孤独一个客观原因。

不过回想起来,有亲可拜时形成的拜年体验在我也是有的。只是太久远了,得回溯到半个多世纪以前。

我是上世纪五十年代末上小学的。上学前在爷爷奶奶家即我出生的地方断断续续住过两三年。前面说了,那是东北平原上一个大村庄。几代繁衍下来,林姓成了那个村庄的大家族。仅太爷辈就有五位,爷爷辈有十二位。叔叔辈简直数不胜数,有的还穿着开裆裤,后面露着屁股蛋,前面不时闪出"小鸡鸡",活像打篮球时吹的口哨。姑姑们的数目也肯定不止一个排。大的已经是生产队妇女队长或嫁人了,小的还鼻涕一把泪一把追着母亲要奶吃。幸也罢不幸也罢,我们这支在家族中属长子系列,太爷老大,爷爷老大,父亲在大大小小叔辈中排行第一,也是老大。这么着,我也是老大,在同辈中率先来到这个世界,而且遥遥领先,后续部队若干年后才出现在地平线上。于是尴尬景象出现了,我的辈分最小。也就是说村里大凡林姓都是我的长辈。平时无所谓,尴尬出在春节拜年。

记忆中,拜年主要活动是跪下磕头。当然是晚辈给长辈磕,也就是我要给村庄里的大约一半人磕头。如果把他们全部召集起来齐刷刷列队"稍息"站好或坐好,由我一次性磕完倒也罢了,问题是事情没有这么简单。因为磕头要讲辈分,讲个体针对性。初一早上,先对着挂在北墙正中家谱上的已故列祖列宗连续磕三个头,再给爷爷奶奶分别磕一个。然后由爷爷领着出门去林氏长辈家里磕。住的并不集中,有的住村东头,有的住村西头。村路满是雪,早晨的太阳照射下来,雪地忽一下子蹿出无数金星金线,刺得眼睛几乎睁不开。路旁院子里偶尔蹦出一个"二踢脚"爆竹,"呼"一声在脚前或头顶炸开。或有一挂"小鞭"在大门旁柳树枝上噼噼啪啪爆豆似的突然响起。我惊魂未定地躲在身材高大的爷爷后面走东家进西家。

受礼的长辈夫妇穿一身新衣,在炕中间并排盘腿正坐,裸土地正中置一蒲团或棉垫。进门后先由爷爷介绍,而后叫我头冲对方跪在地上,口说"给大太爷磕头了",磕一个,又说"给大太奶磕头了",再磕一个。接下去一家家如法炮制,二太爷二太奶三太爷三太奶……再往下是爷爷辈:二爷、二奶、三爷、三奶、四爷、四奶……如此一路磕将下去。记得磕到第十一爷家的时候,十一奶指着一个翘着"小鸡鸡"的男孩儿,说这是你三十二叔,又拍着怀里吃奶的一个小鼻涕鬼笑道这是你四十三姑。我正要跪下,爷爷到底不忍,一把拉住,摸着我沾了灰土的小脑门说:"叔叔姑姑辈太多,就别磕了,饶了俺孙子吧!"

幸亏爷爷说情,若不然,磕到日落天黑怕也磕不完。即使不头破血流,也非磕得晕头转向不可。实际也差不多晕了。

磕头是有赏钱的。因为晕了，记不得钱赏了没有，或者赏了拿了没有。明确记得的，是回到爷爷奶奶家一摸衣袋，里面有两个核桃和三颗红枣。那应该是十一奶给的。当时十一奶放下手中的第四十三姑，打开炕柜门，在一个青花瓷罐里摸了好一会儿摸出来给我的。我迫不及待地找小铁锤把核桃敲开吃了，真香。又把红枣投进嘴里一颗慢慢咀嚼，真甜，香甜香甜，又香又甜。是不是第一次吃枣我记不得了，但那肯定是我吃过的最好吃的枣。香，甜，劲道，软硬适中，一股老木柜味儿和旧瓷罐味儿。

　　幸亏磕头。难忘磕头。

（2012.1.26）

春节的喜鹊

我这人当然有种种样样的缺点,如刚愎自用、出言无忌、与人寡和、不干家务等等,不一而足。但至少有一个优点,那就是我自从懂得什么是说谎时开始就几乎从不说谎——我猜想这未尝不是自己写不出小说和有时不讨人喜欢的一个外围性原因——因此,下面我说的这件事你一定要相信。之所以这么强调,是因为事情确实难以令人相信。倘不实际发生在我自己身上,我也不至于相信。用我一向奉为圭臬的唯物主义根本解释不通,堪称不大不小的奇迹。

事情是这样的。大年初五早上,我正盘腿坐在书桌与南窗之间齐椅高的榻榻米上喝着茶翻看闲书,忽听耳边"喳喳"几声。侧头一看,两只喜鹊就站在窗前晾衣竿上"喳喳"欢叫。距离实在太近了,眼睛和喜鹊之间只隔一层窗玻璃。如此切近地看喜鹊还是第一次。正要细看,两只喜鹊似乎朝我一点头，"扑棱棱"展翅飞走了。喜鹊登枝，而且是"双喜"，兆头不错！我的心也欢喜得"扑棱棱"好一阵子。

我再也看不下书了，放下书，不由自主地下了楼，不由自主地钻进正好在我面前停下的出租车里，不由自主地到花鸟鱼石市场下来。不由自主地闲逛当中，忽然逛到很久以前来过的古董店前。老板记得我，跟我打招呼，闪开身让我看板橱上的瓶瓶罐罐。扫视之间，我的目光落在一对喜鹊登枝瓷罐上面。罐足有篮球那么大那么圆。茂密的绿色叶片托起两大朵粉色重瓣牡丹，牡丹后面潇洒有力地探出一枝杏树样的枝条，喜鹊高登树枝，尾巴上翘，头部前倾，一张嘴欲张未张，另一张嘴完全张开。我揉了揉眼睛，凑近细看，这回没有"扑棱棱"飞走。太巧了，太神奇了！莫非刚才书房窗外的两只喜鹊飞到这里来了？抑或这里瓷罐上的一对喜鹊刚才飞去我那里了？

老板用报纸把两个瓷罐小心包好，找两个红色大塑料袋装好了递给我。我在出租车上怀抱两只喜鹊急切切兴冲冲地赶回寓所。它俩没有远走高飞，又随我回来了——两只？还是四只？

在写这篇小稿的此刻，它们就在原稿纸的前端。罐是真圆，滚圆滚圆。也够光滑，溜滑溜滑，如小女孩儿的脸蛋儿。乳白色底釉，温润得很。只是，喜鹊是红色的，除了尖嘴、圆眼和利爪，通体红色。牡丹用的是粉绿本色，写实；唯独喜鹊用红色，虚拟。罐的顶端有不大的圆盖，围着盖钮有四个毛笔字，"吉羊永用"，"羊"通"祥"。罐体另一半即喜鹊的背面是四个更大的毛笔字。一个写的是"鸟语花香"，另一个写的是"努力生产"。在店里时我说是一对，店老板说不是，"喏，你看，这鸟语花香和努力生产搭配得来吗？好比一个林妹妹一个焦大，那怎么能是一对呢？"但回来放在桌面细瞧细看，定是一对无疑。因为这与那个年代有关。"努力生产"，自然是四九年以后；繁体倒写，说明是文字改革前的五十年代。而五十年代正是由林黛玉向焦大过渡的——准确说来是林妹妹即将接受焦大的"再教育"或者鸟语花香与革命口号并存的——特殊年代。

可是，喜鹊为什么是红色的呢？毕竟不是窗花剪纸，而且唯独喜鹊是红色。我这人到底不是很蠢，五分钟后恍然大悟，这同样和那个特殊年代有关。我眼前浮现出这样的场景：窗外春暖花开，鸟鸣啁啾，一位从旧中国过来的身穿中山装的老艺人，坐在墙上贴着毛主席像的宽敞明亮的木窗棂作坊里，拿笔在已烧出底釉的圆罐上轻轻勾勒作画。时而抬眼望一眼窗外远处飘扬的红旗，情不自禁地把喜鹊涂成红色……

我虽然不是陶瓷鉴定专家，但也一眼即能看出四九年前后民国瓷和共和国瓷的区别，气氛截然不同。即使同是喜鹊登枝主题作品,五十年代的整体气氛绝对开朗、欢快、喜庆、热闹,几乎听得见喜鹊的叫声和闻得到浓郁的花香。那是作者心情和时代氛围的自然表达。由此可以推定,五十年代,尤其五十年代前半期是一个相对欢乐祥和、健康向上的美好年代。

即使现在,我也并不觉得红色喜鹊有什么不自然,也并不觉得"鸟语花香"和"努力生产"有什么不相配。"鸟语花香"意味着文化,意味着软实力,"努力生产"意味着经济发展,意味着GDP,二者缺一不可。或者莫如说,这就是今天,今之大势。

就在这样的今天,这样的春节,喜鹊飞来我的窗前,飞到我的案前。我知道,它们不会飞走了。

（2012.1.30）

夜半听雨

古人有四喜：洞房花烛夜，金榜题名时，久旱逢甘雨，他乡遇故知。作为今人，昨天得其一喜：久旱逢甘雨。胶东，青岛，一百四十一天，几乎片雪未落，滴雨未下。大地赤身裸体，皮肤干裂，满面灰尘。麦苗嗷嗷待哺，草坪奄奄一息。等啊盼啊，昨天终于下雨了。始而迷迷蒙蒙，如烟似雾；继而淅淅沥沥，无数银丝；及至夜半，已可听见窗外嘀嘀嗒嗒的雨点声了。

这是一百四十天来我听到的最悦耳的音乐。嘀、嘀嗒、嘀嗒嗒、嘀嘀嗒嗒……半夜12：00，万籁俱寂，唯有雨点声传来耳畔。时强时弱，时快时慢，时断时续。我静静听着，不忍睡去，觉得人世间、人生中再没有比这夜半听雨更幸福的事了。有两三次声音太微弱了，我便翻身坐起，侧耳细听，听得真切时才舒了口气，放心躺下。后来觉得躺着听未免太傲慢太奢侈了,遂披衣而起,走去隔壁书房,在两排书架的角落中面对窗口坐下。

我怕惊扰雨点声,没有开灯,就那样摸黑坐着不动。书房是家中最大的房间。六扇木格纸糊拉窗在眼前整齐排开,隐约的天光印在上面,宛如一大张半透明的方格稿纸。雨点声仍从外面传来,小心翼翼,如一个在外边淘了气而回家不敢大声敲门的男孩儿。我继续听着,心里愈发充满了欣喜。家人早已睡熟,邻人大概也已进入梦乡,由我一人独占了这夜雨赠送的幸福和喜悦。我蜷缩在角落里像小学生课堂听写一样听着、听着。仿佛看见大地粗糙干裂的肌肤重新焕发生机,嗷嗷待哺的麦苗正在大口小口吮吸着上天的乳汁,奄奄一息的小草正准备明晨返青。很快,蒲公英在我眼前扬起嫩黄色的小脸,垂柳拂动翠绿的腰肢和长袖,杏花引来身材娇小的雨燕和体态丰盈的喜鹊……

雨点声依然嘀嗒不止。是的,她是此时此刻唯一的打击乐。单纯,但绝不单调。聆听之间,我想起了南宋蒋捷的那首《虞美人·听雨》:"少年听雨歌楼上,红烛昏罗帐。壮年听雨客舟中,江阔云低断雁叫西风。而今听雨僧庐下,鬓已星星也。悲欢离合总无情,一任阶前点滴到天明。"王国维有治学三境界之说,此词或可称为听雨三境界。雨声或许相同,而听者却由少年而壮年而老年,因此听出了三种不同的人生况味。而我，壮年客居岭南，而今鬓已星星，心境或可近之。惟少年大异其趣。蒋捷生当宋元易代之际，宋末金榜题名，考中进士，有过听雨歌楼、红灯摇曳、罗帐低垂的诗意与浪漫。而我的少年呢？我的当年呢？

不在歌楼，不在昏罗帐，在山沟，在青纱帐——在烈日下的高粱玉米田里铲地除草。那时我才十几岁——因为"文革"，念完初一就没得念了——人瘦得比高粱秆玉米秆粗不了多少，个头又较之矮了一截，进了青纱帐，就像进了原始森林。头上，阳光从高粱穗或玉米叶间火辣辣扎下来；四周，玉米叶的毛刺如小钢锯划着赤裸的胳膊和脖颈。加之密不透风，浑如蒸笼无异。汗水流进眼角嘴角，流过搓衣板前胸和钢筋隆起的脊背——纵然才华横溢的蒋捷，怕也写不出词来。那里不存在"虞美人"，不存在宋词，不存在文学。

嘀、嘀嗒、嘀嗒嗒……窗外雨点继续低吟浅唱。是的，当年我也盼雨，或者莫如说，除了盼雨没什么可盼的，因为只有雨天可以歇工。没有周末周日，没有"十一"黄金周，没有春节——大年初一就要刨冻粪搞什么见鬼的"开工红"——只有太阳和雨。讨厌太阳。太阳刚一出山就要出工，太阳下山才能下工。太阳偏偏起床那么早，夏天甚至三点半就冒头，晚间七点半了还不肯缩回。好在有雨，下雨可以不出工。看《苦菜花》，特别能理解地主家"长工"的心情：黑了别明，阴了别晴，大小有点儿病，可别送了命。

下雨可以休息，休息可以看书。我在雨声中歪在炕上看书。偷看《千家诗》，背《汉语成语小词典》。我必须感谢雨，如果我今天在文学上——翻译也罢创作也罢——有一点点作为，都是拜雨所赐。如果不下雨，我肯定旱死在那个小山沟……

真好，雨点仍在嘀嗒。看时间，凌晨 3：00。全然不困。索性拉亮台灯，写了这篇杂乱的文字，献给亲爱的雨。

（2011.2.28）

倪萍的姥姥和我的姥姥

　　也是因为倪萍是青岛人而我现在是青岛市民的关系,我看了她的《姥姥语录》。不过,较之姥姥口中的有声语录——尽管那些语录都很好——更让我感动的是姥姥身上的"语录",也就是她对小倪萍无声的关爱。

　　比如鸡蛋。倪萍小时候正是六十年代初"三年困难时期,树上的榆树叶子都被人吃光了"。她也严重营养不良,两岁了还站不稳,罗圈腿,几绺鸡蛋黄一般黄的头发贴在大脑门,"连笑都不会"。于是姥姥把"我"从青岛机关幼儿园接到乡下,把村里大凡能借的鸡蛋都借来了,后来又用从娘家带来的一副银手镯换来一炕鸡蛋。姥姥感叹:"鸡蛋真是个好东西,才吃了不到一把(十个),小外孙女就会笑了。"从此鸡蛋不断。吃得小倪萍不但会笑,而且个头猛长。用姥姥的话说,噌噌往上猛长,夜里静的时候她都能听见骨头嘎嘣嘎嘣伸展的声音。

另一个感人细节也和鸡蛋有关。小倪萍做梦都想得到红头绳，货郎每次进村，她总是盯住红红绿绿的头绳不放，而姥姥手头一分钱也没有，好话说了好多次也没买。"姥姥终于给我买了，是用四个鸡蛋换的。姥姥苦苦央求货郎，可人家不要鸡蛋……从村东头说到村西头，红头绳终于说回来，不懂事的我臭美得满村飞"。

小外孙女站不起来时用手镯换鸡蛋，想扎红头绳时又要鸡蛋换红头绳——多好的姥姥啊！

不由得想起我的姥姥。我的姥姥也住在乡下。姥爷（外祖父）去世很早，姥姥同过继的儿子（姥爷弟弟的儿子）一起生活。我小时候，姥姥每年深秋都来我家一次，帮母亲一针一线做一家老小的棉衣、棉鞋和拆洗被褥。后来姥姥年纪大了，母亲就打发上小学的我和弟弟放暑假时去她。我和弟弟先坐半小时火车到县城，买二斤蛋糕提上了，出了县城往北走三四十里宽宽窄窄的土路，到姥姥家时已是黄昏时分了。住几天要走了，姥姥不放心我和弟弟走那么远的路，就叫我们搭村里进城的马车回去。动身的时候天还没亮，一川冷风，满天星斗，整座村庄只姥姥家亮着一盏煤油灯。姥姥用一块布包几个煮鸡蛋叫我们带上，找两捆干草铺在马车中间让我们并排坐好。车走的时候，我和弟弟脸朝后看着，看那亮灯的窗口，看窗口前姥姥矮小的身影。马车跑得快，出村跑上南岭庄稼地坡路了,姥姥仍没回屋,就那样站在窗口灯光下一动不动朝马车这边望着。灯光越来越暗,姥姥的身影越来越小,最后身影模糊了,只剩下豆粒大的灯光固执地守在迷蒙的远处……

记忆中我的姥姥没有留下语录。能确切记得的,只有一句话。那是我上初中的时候,一次单独去姥姥家。一天偏午,我"吱扭"一声推开堂屋后墙那扇开裂的厚木板门,去后面的小园子摘几粒红得像红露水珠一样的樱桃投进嘴里,回来歪在姥姥身边看书。午后的阳光明晃晃地照在高粱秆编的炕席上。舅舅下地干活了,两个表姐不在家。姥姥把几块碎布头铺在炕席上,拿出针线篓,叫我帮她把线穿进针眼,然后像怕人听见似的在我耳边说:"给你做件棉坎肩。"姥姥略一停顿,"不是为你,是为我闺女啊!"说完,她抬起眼睛,眯缝着像是往远处看,一副凄凉的神情。姥姥只一个闺女,就是我母亲。而我母亲出嫁后日子过得又苦,六个小孩,八口之家,只靠我父亲每月四十七元五角的工资过活。父亲又长期在外地工作,家里家外全靠母亲一人操持。日子过得最苦的时候,母亲甚至冬天穿不上棉裤,夏天找不出去看姥姥穿的不带补丁的单裤——姥姥能不心疼这个唯一的女儿吗?腿脚可以走远路的时候还能去女儿家帮忙,而今母女相聚都不容易,只能悄悄地——我猜想姥姥不愿意让并非亲生儿子的我的舅舅和两个比我大不了多少的表姐知道——给我做件棉坎肩来减轻女儿的负担。姥姥当然喜欢我,疼我,但这显然是因为我是她女儿的儿子。当然,这些都是我日后一点点体会出来的。

那时候已开始有人穿毛衣毛坎肩了,但我家穷买不起毛线。因此那件棉坎肩几乎是我身上除棉衣外唯一可以御风保暖的。我穿了许多年,上大学还穿着。姥姥临终的时候,舅舅为了不让身体不好的母亲奔波痛苦而没有告诉她。当我知道时已是放寒假回家以后。我穿着姥姥的背心,独自走到小仓房山墙拐角那里,朝姥姥生活和去世的方向深深鞠躬,默默流泪……

话说回来,《姥姥语录》现在所以卖得那么火,倪萍的知名度固然是个原因,但还有一个原因:实质上她写的是我们大家共同的姥姥。或者说她笔下的姥姥让我们每个人想起了自己的姥姥,想起姥姥所在的老屋、灯光,想起遥远的故乡和亲人……

(2011.3.5)

青州的柿子

从青岛坐动车组，西行一百分钟即是青州。青州为古九州之一，汉武帝时为十三刺史部之一，三国时为袁绍所据冀青幽并四州之一。宋时范仲淹、欧阳修在此为官，李清照客居经年，留有范公亭三贤祠和归来堂李清照故居。至若风景名胜，云门山、仰天山、驼山、黄花溪等比比皆是。文治武功，物华天宝，千载之间，光耀齐鲁。

青州去年来了一次，今年又来了，明年还想来。我这么想来，这么喜欢青州，却主要不是因为这些，而是因为柿子——青州柿子太多了，太好了，太美了，乃青州第一名胜！

说起来，我虽然祖籍山东，但生在东北，作为外地水果，我最先知道的就是这柿子。记得大约上小学一年级的时候，我家再次搬家，搬到小镇中心，和房东住一间屋子。南北炕，我们租住北炕。炕中间的屋地好比宽些的共用走廊，我家真正的"领地"只限于一铺北炕。白天母亲在炕上做针线,我放学回来趴在炕中间的矮脚桌上做作业,晚间拉一块幕布般的缦子隔开,一家人在里面睡觉。南炕的呼噜声、咳嗽声甚至翻身声都听得一清二楚。好在南炕只有老两口。老大爷姓池,我和两个弟弟叫他池大爷。池大爷是地道的山东人,一口山东口音。脾气不大好,时常吼他的老伴,从未见过他笑。他做什么工作我不知道——好像没正式工作——只知道每到秋天他就用口袋往家里背柿子饼。每次背回来就往北炕"哗啦"倒出一些,一定要我们吃,不吃他便发脾气,甚至不许我们道谢。"谢什么谢,俺听不得谢,吃就是了,吃!不吃能长高吗?"

东北管西红柿也叫柿子。于是我知道了原来还有这样的柿子。柿子饼真叫好吃,咬住一拉,有些像牛皮糖,但比牛皮糖好吃——香甜、劲道、充实、解饿,极有吃的感觉,我就以为柿子饼是天底下最好吃的饼了。入冬后快过年的时候,池大爷开始往回背冻柿子。每次背回照样往北炕倒,只见圆滚滚黄里泛红的冻柿子"咕噜噜"从炕头滚到炕梢,喜得我和弟弟赶紧扑上去。冻柿子不能马上吃,要先放在盆里用凉水泡,等泡出冰来,再把柿子表层亮晶晶的冰壳"咔嚓"一声敲开剥掉,整个放进碗里用汤匙舀着吃。柿肉稠稠的黄黄的凉凉的甜甜的,为我们艰苦年代的童年带来莫可言喻的舌尖上的欢乐。可惜三年后我们又搬家了,搬去十里外的小山村,再没见过池大爷,再没吃过那么好吃的柿子和柿子饼。许多年后,上了大学的我打听过他,也去原来的房子找过,但他早已没了下落,更不知道他是山东什么地方人。

第一次见到柿子树,是在许多许多年后去日本留学的时候。偶尔看到一两棵柿子树,我这才知道原来柿子是结在那么高的树上的。但真正为之感动则是在青州——不是吃的感动,而是美的感动。

从市区去驼山的路边有很多柿子树,从驼山去井塘古村,一路上柿子树就更多了。或路边三五矗立,或满山满坡漫延开去。近看如黄莹莹的小灯笼挂满树枝,远看如满天金星忽然落地。最耐看的是树叶几乎落光的柿子树,一条条闪电形不驯服的枝条倔强地挑起疏密有致的柿果。拉开距离向上望去,宛如按在湛蓝天壁上的一粒粒金色图钉,明净、洗练、邈远,"便引诗情到碧霄"。

车很快到了井塘古村,五百年前的明代古村。下车进村。大黄狗、老母鸡、石板路、木棂窗、四合院、青砖灰瓦、大小宅门、红辣椒串、黄玉米堆、石碾石磨和辘轳井,老奶奶脸上慈祥的皱纹,而这一切都笼罩在柿子树下,或簇拥在柿子树间。房前屋后,田头地尾,坡上坡下,溪畔河边,柿子树无处不在,无树不果,无果不黄,简直是童话世界。一位老婆婆坐在大柿子树下的石碾盘上卖柿子,一块钱两个,买两个又硬给加上一个。黄得透明,吹弹可破。轻轻揭开薄如蝉翼的柿皮,当即现出果冻般颤颤的果肉,欲化欲滴,赶紧一口噙住。香彻肺腑,甜冲脑门。老婆婆微笑着看着我狼狈的吃相,仿佛在说吃吧吃吧随便你怎么吃。

又往前走,见一老者正在石院墙里面的房顶上摘柿子。墙头几朵紫色的牵牛花,房瓦间数丛枯黄的狗尾草,树枝上金黄金黄的大柿子,多好的秋日山乡风情啊!我正看得出神,老者忽然朝我扔柿子,我刚刚接住,他又扔下一个:"自己家的,不值钱,拿着好了!"我说谢谢。他说:"谢什么谢,俺听不得谢……"刹那间,我想起五十年前南炕房东池大爷,说不定他就是这个村的人,从这个村去东北的山东人……

（2012.10.6）

永恒的风景

农历十月金秋,南京讲学之旅。实在令人庆幸,住的地方不是闹市区,而是钟山南麓林野间的"国际青年旅馆"。别墅木屋式风格,近乎平房的两层楼,木楼梯,走廊挂着旧日上海滩美女月历牌仿古画。确乎美女,烫发,旗袍,苗条,丰腴,明眸皓齿,顾盼生辉,民国风骚,于此尽矣。逝去的温馨时光。张爱玲的永恒主题。房间不大,但整洁,别致。白色床铺,白色落地凸窗。窗外古木扶疏,古木外是整齐的茶园,俨然一张张巨大的绿色床铺。妙,我还没住过这么妙的地方!

还有更妙的。旅馆一边不远是中山陵,一边几乎紧挨明孝陵景区。中山陵以前去过,我决定去明孝陵。孝陵是明朝开国皇帝朱元璋之陵。说实话,我不喜欢朱元璋。放牛娃出身倒没有什么,问题是这个放牛娃做了皇帝后居然恢复殉葬制度,让一大帮子同月历般如花似玉的女子陪他下葬。还开创了"廷杖"制度——上朝时居然当众扒下裤子打文武大臣的屁股！就算他推翻异族统治有功，在人性上也是零。不过他死后留下的明孝陵倒是不坏，是我国现存古代最大帝王陵墓之一，二〇〇三年被联合国教科文组织列入《世界遗产目录》，成为世界宝贵文化遗产。

斜阳、牌楼、享殿、陵丘，秋风阵阵，落叶纷纷。乌啼声声，古柏森森。最好的景致是在殿外，在殿外的"神道"。高大的文臣武将石雕以及石狮、石象、石马、石骆驼、石麒麟等石雕巨兽分立道旁，其间排列着更高大的法国梧桐、银杏、白杨。尤以法国梧桐居多。旁逸斜出，左右交叉，遮天蔽日，翼然头顶。正是"秋叶之静美"时节，巴掌般扇面般的叶片一色金黄。在夕阳的辉映下，黄得晶莹，黄得透亮，仿佛每片黄叶都掩着一盏小灯笼。漫步其间，就好像走进气势恢宏金碧辉煌的拱形走廊，又好像闯入晚霞簇拥的西方极乐世界，但觉心旷神怡，甚至神思恍惚。阵风吹来，斑驳的黄叶或轻飘飘地落在石兽沉甸甸的脑门上、脊背上，或翩翩然拂过它们厚墩墩的耳朵和嘴巴，或不无挑逗意味地扭扭捏捏撩拨它们的眼睛。它们当然不为所动。六百年了，无数风雨，无数光影，无数落叶，而它们总是保持一个姿势，一副表情，一种气度。动与静、轻与重、变与恒、沉思与梦幻、寂灭与生机、坚守与追逐……

我沿着这样的神道，从头走到尾，从尾走到头，久久不忍撒离。后来到底有些累了,遂在道旁一家小卖店买了两个橘子、一瓶饮料。转身绕去店后,坐在树下长椅上歇息。橘子真够甜的,那么多汁,每一瓣都像是一小瓶饮料。头顶一棵三叶枫也黄得正黄。右侧十几步开外一棵银杏此刻正流光溢彩满树夕阳。橘子吃光两个,饮料喝掉半瓶。美景、美味、幸福感,一个人旅行真好。忽然,有什么击中了我,在我心口轻轻一击。击中我的是什么呢?我继续四下打量,目光不由得落在左侧的小店。小店是传统民居式建筑,外墙是用黑色木板拼接的,斜坡屋顶,山墙上端构成一个极工整的三角形。墙角放两个酱褐色陶罐、一把竹扫帚和一个如今少见的木桶,桶旁长着一丛金灿灿的秋菊。紧挨墙脚的是一棵样子像是榆树的足够粗的树。枝叶茂密,郁郁葱葱,如围盖一般遮住小木屋……

我开始搜索记忆。神思迅速远离。倏然,我想起了外婆!大概小学四年级暑假,我走三四十里路去看外婆,过些日子外婆又带我来我家,同样走三四十里路,大多是庄稼地里的小路和村与村之间有牛马车辙的土路。途中经过一座外婆娘家所在的村子,在大约是外婆弟弟或侄子的家里歇脚。那一家人极热情,拿网现去捞鱼给我们做午饭。饭后,外婆和娘家人在屋里炕上说话,我去外面转悠。屋后不远有个池塘。记忆中,山墙旁也有这样一棵大树——应该是榆树——树荫泼墨一样笼罩着草房顶和山墙那个三角形。我就在树荫下一边听着知了的叫声,一边望着三角形山墙房檐那里小燕子的窝和在窝口探头探脑的黄嘴丫乳燕……

几十年前的往事了。外婆早已离世,那户人家也只去过那一次。不知那一幕为什么会在这样的地点这样的时刻蓦然浮上脑海、浮上心间。或许,外婆仍惦记着我,我也记着外婆。抑或,旅行途中的感动往往和类似乡愁的情思有关——那大约是永恒的风景。

(2011.12.11)

"初恋"：我的第一份工作

　　媒体让我谈谈我的第一份工作。可说实话，我一时还真不清楚哪份工作是我的第一份工作。我在乡下当过农民，那期间当过大队（村）团总支书记，当过大队民兵连长；作为"工农兵学员"走出大学后当过翻译；从研究生院出来后当了大学老师，一直当到现在——若无退回二十岁或返老还童奇迹的发生，肯定当到退休。

　　当农民务农算不算工作呢？按照世界职业分类标准，想必应该算。既然当工人务工算工作，那么当农民务农岂有不算工作之理？不算工作算什么？算儿戏？而另一方面，在中国话语系统中，务农又的确算不上工作。别说问当年务农的我，即使问现今务农的任何人"你有没有工作？"回答都无疑是"没有"。但我经年搞外语和外国文学，大约属于同"国际"接轨之人，所以我倾向于认为当农民也是工作。这样，我就做过或做着三份工作：农业工作者、翻译工作者、教育工作者。

农业工作自然是我的第一份工作。那可是整整四十年前的事了。我一九六八年初中毕业（因为“文革”，实际只读完初一），年底回乡务农。但因父亲是在公社（乡）工作的“国家干部”，所以我的回乡在有关文件中算是“下乡”，工龄也从“下乡”的六八年算起——喏，怎么不算工作呢？“下乡”之初我才十几岁，铲地跟不上，就跟在一群姑娘媳妇大娘二婶屁股后面薅地，把谷（黍）苗里的杂草一根根一把把薅掉。谷苗长大不薅地了，被生产队长派去离家十里外的铁路林场薅苗圃里的草。那期间有两件事记忆犹新。一是一个给林场放马的小伙子喜欢看书，我从他那里一本本借看了不完全的《茅盾全集》，得知林家有个“林家铺子”；二是有十几个从长春来锻炼的女中专生，其中两三个长得相当漂亮，让我第一次对异性美有了感觉，和她们在一起薅草，自己心里首先长了“草”，而且是怎么也薅不掉的草。入冬后，又回生产队刨粪或跟牛车马车往地里送粪。转年开始跟普通劳动力铲地割地，不再是“半拉子”了。一天挣 10 ~ 12 个工分，相当于 1.00 ~ 1.20 元钱。如此干了两年，帮家里盖了新房。

又转年的冬春之间来了“五・七”战士（大体相当于下乡干部）。有一次生产队开批判会，批判“地富反坏右”。我在会上慷慨激昂的一篇发言，引起“包队”的一位“五・七战士”

的注意。她姓张,名字忘了,是从长春市商业局下来帮助"清理阶级队伍"的。她丈夫姓米,同是"五·七战士"。听说这对夫妇后来向大队书记推荐了我:"这样有水平的青年,你们为什么不用呢?"

这么着,七一年春天我去生产大队当了半脱产的团总支书记。说来有趣,当之前我还不是共青团员,所在生产队的团支书匆忙给了我一张"入团申请书",并亲自介绍我入了团。经由大队团代会举手表决后,我在会上即席发言,表示决不辜负党组织和全体团员的信任,一定做好团总支工作。实际上我也干得相当来劲。晚间不时一个人摸黑走去山前岭后七个生产队,分别给那里的团支部开会,或找团员个别谈话"做思想政治工作",解决所谓思想问题。还组织"毛泽东思想文艺宣传队",排练,各队巡回演出,去公社会演,敲锣打鼓,热火朝天。有一段时间还自己动手刻蜡纸,自己写稿,油印"支部园地"小报,刊登各团支部开展工作的情况。若干年后回乡探亲时我曾在后岭的山路上遇见一位当年作为我的"部下"的团支书,她有小孩了,身上的衣服有些破旧。她惊喜地招呼我一声,一时相对无语;又一次在山前采石场碰到另一位团支书,他推着装满石子的独轮车在我面前停了下来。样子非常让我不忍——鲁迅笔下的闰土,想必就是这副样子了——可我又能做什么呢?幸好衣袋里有一张钞票,我塞给他,他推辞了一会儿，收下了。作为当时一起做团工作的年轻人，两人也都很认真，为什么后来竟相差这么大？

团总支书当了八个月，接下来当民兵连长——休看我这样，我还是行伍出身！那时正是"林彪事件"前后，加上东北边境和苏联摩擦不断，"深挖洞，广积粮，不称霸"（毛主席语录），全国弥漫着火药味。民兵们手里有时候甚至有枪，有子弹。打靶，集训，拉练，昼夜忙个不停。生产大队为连，生产小队为排，一排三十几人，七个小队七个排，加起来二三百人，按人数差不多够一个营，因此也叫民兵营长。那年我还不到二十，像《智取威虎山》里的杨子荣一样腰扎皮带，率领这二三百人，发号施令，雄姿英发，爬冰卧雪，呼啸山林。一次半夜进山拉练时叫我弟弟当"特务"，差点儿被"英雄排长"走火的三八大盖给毙了，吓得弟弟险些尿裤子，再也不肯当"特务"了。由于工作卓有成效，几次受到公社武装部的表扬，被评为"五好民兵连"。我就这样当了四个月连长，之后弃武从文，作为"工农兵学员"进省城上了大学。

这就是我的第一份工作。百分之百当工作干的。不考虑工作以外的东西——不考虑人事关系，不考虑经济收入，不考虑个人得失，无所畏惧，一往无前——老实说，我的心态从未那么纯净，斗志从未那么昂扬，精神从未那么饱满，也从未那么勇敢过。尽管发生在该死的"文革"期间，但我还是想把自己所有的怀念、所有的爱献给她,献给我的第一份工作。或者莫如说,那本身就是一种爱,一种"初恋"。

（2012.8.15）

醉卧钱塘

青岛,杭州。青岛是中国北方最美的城市,杭州是中国南方最美的城市。而我从青岛飞来杭州。并且是在杭州最美的时节:四月中旬。阳历四月,正值古时的江南三月。莺飞草长,落英缤纷,桃红柳绿,云淡风轻。春天至少比青岛早来半个月。

讲课,讲座。讲座还没开始,讲课每天上午四节。翻译匠给研究生翻译班讲翻译,好比种大田菜的农民被请来种园子,驾轻就熟,得心应手,好不快意。何况,班上绝大多数是女生。教罢青岛女孩,又教杭州女孩。同样端庄同样漂亮。但稍加比较,前者洗练而爽直,后者婉约而娟秀。以酒比之,青岛女孩如纯生青啤,清冽而约略苦涩;杭州女孩则如陈年花雕,晶莹而韵味绵长。这么着,讲课不敢高声,担心惊破眼前波平如镜的西湖水面;亦不敢开粗野的玩笑,生怕刺伤欲开未开的脆弱花蕾。然而正是这种微妙的平衡,让我又一次深深爱上了教师这个职业。青岛好，杭州好，江南三月好，教师这个职业更好。

下午没课，美美睡了个午觉。起来泡了杯西湖龙井。悠悠然喝完，怔怔看了片刻窗外绿荫，便想出去走走。真正的西湖很远，西溪湿地更远。问之，钱塘江就在附近。出校门左拐，沿着樱花拥裹的人行道步行十几分钟，果见一江横陈。浩浩汤汤，水波不兴，前不见头，后不见尾，对岸都几乎不见，钱塘江！

家乡有松花江，生活二十余年的广州有珠江，前不久去过的武汉有长江，如今生活的山东有黄河。但在亲近感这点上，似乎都比不上初次相见的钱塘江。这是为什么呢？沉思有顷，忽然记起来了。记得小时候一次去小学操场看电影。电影什么名记不得了，只记得钱塘江里有个龙王，龙王的儿子小龙王跃出江面，摇身变成英俊的秀才，要和搭救过他的美丽村姑成亲。因触犯天条，天帝大怒，派虾兵蟹将前来捉拿。于是小龙王现回原形，腾云驾雾，甩开穷追不舍的虾兵蟹将们……

那时我大约上小学三年级。自那以后一段时间里，上山拾柴回来码好柴垛后，我就每每躺在柴垛上仰望天空。一边望着天上时浓时淡变幻不定的流云，一边幻想自己变成钱塘江里的小龙王腾云驾雾。倒也不是一定想干什么。毕竟还小，没想和邻院的漂亮村姑成亲，也没想飞离只有五户人家的小山村，但就是喜欢那样幻想。有时想得豪情满怀，有时想得黯然神伤。而更多时候，觉得身下柴垛果真化为云雾把自己飘乎乎托了起来……一段从未告人的少年心事。由于岁月相隔太久了，连我自己都已忘却，忘却它曾在自己心中存在过并且给过自己莫可言喻的感动、遐思和慰藉。

而我此刻得知，是那段心事让我对钱塘江产生了特殊的亲近感。或者莫如说是眼前的钱塘江使得那段记忆倏然复苏过来。同时我也明白了为什么龙王意象没出现在松花江而出现在钱塘江。它此刻的坦荡，它八月十五的怒潮，它远处迷蒙的雾霭，以及它的诗意名字……龙王传说非它莫属。

我在堤坝草坡弓身坐下。身后是钱塘江，眼前是一条与钱塘江平行流淌但窄得多的小河。河两岸是依依的垂柳、挺拔的白杨、笔直的水杉、开花的双樱和枝叶茂密的小叶榕，高低错落，疏密有致，一派勃勃生机。草坪上毛茸茸一片白的，是飞落的柳絮；轻盈盈一片粉红色的，是飘零的樱花。蒲公英像金色的星斗，槿菜花如小女孩眨闪的眼睛。但最有情调的还是两岸的芦苇。新芦苇齐刷刷嫩生生拔地而起，差不多齐腰高了，而枯黄的老芦苇们仍倔强地挺立不动。虽已年老，却不体衰，更不让位，俨然英国的伊丽莎白女王陛下。黄与绿，枯与荣，青春与老去，寂寥与生机……

我索性躺下，像当年躺在柴垛那样仰面躺在堤坡。已然西斜的太阳偶尔从灰白的云絮间洒下几缕淡淡的光线。小龙王还在吗？如果在，想必就在身旁。儿时的偶像和幻想。脑海中腾云驾雾图像的原始凭依，虚拟飞升感的最初起源。而与之相遇的旅程，却整整走了半个世纪。说不定，是他、是钱塘龙王让我走了半个世纪，在此时此刻走来这里，走来钱塘江。

我爬起身，掏出一听罐装啤酒，慢慢喝着。而后再次仰面躺下。不知醉了还是没醉。即使醉了，也跟啤酒无关。

（2012.4.19）

乡间使生活更美好

放暑假了，终于回到乡间。我深深吸了口气：泥土香、青草香、树香、果蔬香，以及混合着牛粪香马粪香等乡下特有的空气香，这才叫沁人心脾。而后长长呼了口气。我仿佛看见车尾废气、水泥气、沥青气、餐馆气、外置空调搅拌的热气，以及混合着异性香水味、洗发香波味、发胶味等城市特有的气体从自己的五脏六腑倾巢而出，这才叫畅快淋漓。

算起来，我已经在城市生活四十年了。从北到南，从南到北，四十年间，从未离开过城市，无论户口、身份证还是单位地址，都清楚地表明我是城市定居者，是一线城市的城里人。然而我就像个薄情寡义的负心汉，始终对城市这个顾盼生辉风情万种的女郎爱不起来，生活不到一起，总有"生活在别处"的疏离感。责任在谁呢？应该不在城市。毕竟城市敞开胸怀接受了我这个当年满脑袋高粱花儿的土包子，并且把我栽培成了多少像那么回事的大学教授,甚至让我浪得一点虚名,这是不可否认的事实。那么就是说,责任在我了?在我的土包子出身造成的乖戾的土包子情结?是又不是。因为绝大多数土包子出身者都义无反顾地爱上了城市,坚定地认为"城市使生活更美好"。是啊,若问女孩的洗发香波味和牛粪味这AB之间哪个好,肯定 A 好嘛,有谁肯对着牛粪来个深呼吸并觉得沁人心脾呢?就连自以为潇洒的日本那个村上春树也在出道之作《且听风吟》中怀念洗发香波……

然而我不怀念。

较之城市,我以为还是乡间使生活更美好。不是吗?三间平房前面的小菜园设施化肥没喷农药——大弟告诉我只用了一车牛粪——各种蔬菜却长得撒了欢似的,高低错落,一片葱茏,几乎听得见它们的欢笑声。拧下一根黄瓜,"咔嚓"一口,满嘴原始的清香。西红柿宛如金色夕晖照着舔着的一个个火红的小灯笼,盛开的向日葵恰似两排初升的太阳,豆角仿佛儿时睡过的祖母的摇篮和摇篮曲。土豆"瓷实"而"劲道",简直是泥土的宠儿。鸡蛋嘛,说得玄乎点儿,鸡蛋眼看着从满山满院子跑的老母鸡屁股后面滚落下来。蛋黄黄得冒金星,不小心能把人咽个翻白眼。那才叫土鸡蛋,用不着贴"土鸡蛋"标签。对了,还有花。牵牛花、大丽花、凤仙花、百合花、波斯菊、蜀葵、步步高、一串红……或在窗口排成一列,或在门前夹道欢迎,一丛丛摇曳生姿,一朵朵眉开眼笑。绿就是绿,红就是红,黄就是黄,极具个性,绝不含糊,绝不凑合,绝不妥协,干脆、洁净、鲜明,虎虎生威。

更重要的是,乡间生活成本低。菜就在园子里长着,现吃现摘,相中哪个摘哪个,不花钱。大豆腐干豆腐清晨五六点钟在园门前叫卖,大豆腐一元钱两块,干豆腐两元钱半斤。猪肉天天有卖的,不吃,傻子才吃肉。牛肉农历逢五逢十小镇集上有卖的,偶尔买一小块。如不包括米面,粗算之下,一家三口十元钱一天足矣。怎么样,便宜吧? 小便不用冲水,而且特艺术。容我说句粗话,在野地里、山坡上撒一泡尿就是一道七色彩虹!

对了,我要说几句樱桃。如果你喜欢吃樱桃——我想不至于有人不喜欢——那么随便你怎么吃好了,白吃! 这座小镇几乎家家都有樱桃树篱笆或篱笆间有樱桃树,七月暑假,正是樱桃成熟季节。红得透明的樱桃掩映在绿叶之间,或如一串串红玛瑙珍珠,或如一泓绿水间的点点渔火。简直是一首诗,一支歌,一个童话,一段恋情。真不要钱,不骗你。刚开始时我过意不去,进院付款,一位老者百般不要:"你不吃也掉在地上白瞎了,哪能要钱呢!"如何,不认为乡间使生活更美好? 不用说,美好的前提是节俭、自然与和谐。

令人惋惜的是,如此美好的乡间正在失去。社会主义新农村的建设无疑节约了耕地，提高了乡亲们的生活品质。但与此同时，那整齐划一的布局，集约化的雷同建筑，平整的水泥路面，突兀的水银灯柱，委实大煞风景，破坏了传统的田园风光，消解了乡间的概念和温馨。我很担心，担心我们的下一代去哪里寻找"暧暧远人村，依依墟里烟。狗吠深巷中，鸡鸣桑树颠"；去哪里观看"黄四娘家花满蹊，千朵万朵压枝低。留连戏蝶时时舞，自在娇莺恰恰啼"；去哪里欣赏"七八个星天外，两三点雨山前"和"枯藤老树昏鸦，小桥流水人家"。而若果真哪里也找不到，那么如何体味唐诗宋词的意境呢？在这个意义上，乡间是我们的精神家园，我们的心灵依归，我们这个农耕民族的根。如何得以两全，乃是摆在当局以至每个公民面前现实而又深刻的问题。

（2011.7.19）

不想回城

暑假即将结束,我得告别乡下回城了,回到我的户籍和工作单位所在的青岛。乡亲们知道我要回青岛,都羡慕地说青岛多好啊,在电视上见过,简直好上天了!可我——这么说是有些对不住青岛——真不太想回青岛了。也不仅青岛,即使上海北京伦敦华盛顿也不想回,不想回城。真的,不是说谎。若无特殊需要,我一般不说谎。

甭说别的,单说早上开门。城里开门就是大煞风景的水泥楼梯,而乡下推门就是满院花草。窗前一排,从房门到院门两排,真正花草拥径。九月菊、万寿菊、高粱菊、大波斯菊、蜀葵、凤仙、步步高、大丽花……五彩缤纷,争妍斗艳,令人目不暇接。而最吸引我的是木篱笆上的牵牛花。牵牛花是一个多月前我从村路边挖回栽的。不出十天就开花了。始而两三朵,继而五六朵、七八朵,现在已经数不清了——忽一下子爬满木篱笆，娇滴滴在绿叶间举起无数支紫色粉色小喇叭。乡下起得早，我清晨五点就起来了，而五点正是牵牛花的"少女时光"，刚刚张开的喇叭花上噙着晶莹的露珠。微风吹来，流光溢彩，摇曳生姿。轻盈，但绝不轻佻；单薄，但绝无破绽。可以说，牵牛花是我每天清晨的一个惊喜，喜得我不知在爬满牵牛花的木篱笆前来回走动多少次。有时我会想起王小波的话"用宁静的童心来看，这条路是这样的：它在两条竹篱笆之中。篱笆上开满紫色的牵牛花，在每个花蕊上落了一只蓝蜻蜓。……维特根斯坦临终时说：告诉他们，我度过了美好的一生。这句话给我的感觉就是：他从牵牛花丛中走过来了"。而这段话给我的感觉是：人生最幸福的时刻就是从开满牵牛花的篱笆间走过。

　　牵牛花还有一点让我不能忘记。那天早上我在院外对面人家的木篱笆前站了很久。牵牛花蔓被人割断了，叶蔫了黄了，而粉色的喇叭花却依然开得那么水灵那么艳丽那么完美！我明白了，牵牛花把最后的营养都给了花——花是它的种子。也就是说，它把生命最后阶段的爱给了自己的孩子。那一刻几乎颠覆了我的世界观，除了上天，谁能给牵牛花输入如此圣洁的感情信息？难怪徐志摩引用歌德这样一句话：自然是最伟大的一部书，在他每一页的字句里我们都能读得到最深奥的消息。

看罢牵牛花,大约六点开始伏案工作。六点到十二点,六个小时即可完成——翻译也罢写作也罢——在城里一天的工作量,效率奇高。而且不觉累。怎么能累呢,累了就出门看花,看花间的蝴蝶和蜜蜂,看满园的瓜果蔬菜。一看就文思泉涌,就有漂亮字眼扑来脑门。

傍晚外出散步。出镇,出村。风歇雨霁,四野清澄。山衔落日,野径鸡鸣。庄稼地里,大片的玉米,齐刷刷排列开去,如威武雄壮如荷枪实弹的仪仗队。小片的谷子、大豆,为玉米田激昂的旋律增加几个低回的和声。偶尔闪出向日葵骄傲的脸庞,如万顷碧波中几点金黄色的归帆。雨燕优美的弧线,偶尔的蛙鸣和知了声,野花蒿草的浓香。尤其脚下和眼前的路,沙土、荒草、车前子、马兰花,隐约可见往日牛马车辙,在庄稼的簇拥下向远方蜿蜒而去。我多么想沿这样的路一路走下去,走到地尽头天尽头……

小镇入睡早,不到八点就全部熄灯了。只留下月亮和我、我和月亮,可惜我早已过了恋爱年龄。但我还是搬一把帆布椅,半坐半躺地望着月亮出神。月亮真亮,月光真好。真正月华如水。上下澄明,清辉万里。山的曲线,树的剪影,花的芬芳。索性倒一杯酒附庸风雅。"举杯邀明月,对影成三人"——是啊,古人才懂生活。诗,诗意,诗意情怀,诗意地栖居在大地上。除了抽水马桶,现代人、现代城里人有什么可吹的?

还有，十架豆角，五架还没摘。两垄西红柿，仍然硕果累累。芹菜、生菜、白菜正绿意盎然……就这么扔下它们回城了？实在舍不得。不想回城。但我必须回城了，想也罢不想也罢。这就是生活。

（2011.8.20）

城乡差别和牙医

　　终于又回到了乡下。一年来,乡下成了我的一个念想,一个期盼,一个诱惑。朋友要招待我去的澳大利亚甚至美国大富豪们登记预约的太空之旅都没有这么让我心动。这可能意味着我老了,出息到头了,不再想攻城略地开疆拓土,不再想高歌猛进一决雌雄,而只是一味收缩阵角,竟至缩到了乡下那三间房和二分地。

　　较之中国传统文人的田园情结,我想这更是因为我是从泥土地里滚爬出来的乡巴佬。一般说来,乡巴佬是固执而保守的。就像大马哈鱼,不管大海多么浩瀚,也还是要游回它出生的河流休憩产卵。于我,即是对故土的迷恋,对土地长出的东西的迷恋。你想,小时在生机蓬勃的黄瓜架下找黄瓜吃的人,怎么会对超市保鲜膜加泡沫塑料盒里的两根僵挺的同名商品投以青睐? 小时看惯满院花草的人,怎么会对公寓套间可怜巴巴的盆花情有独钟？

乡下显然在等着我，说夸张些，连玉米地头的牛粪都散发着矢车菊和马兰花的清香；三间房在等着我，空了一年居然半点霉气味也没有，两三只燕子仍在檐前欢快地盘旋不已；二分地在等着我，夹道的花草庆幸它们不再寂寞，小园里的黄瓜、豆角、青椒、茄子、西红柿不再担心枝蔓不堪重负……时隔一年的重逢。它们望着我，我望着它们。它们已不在我的梦境，不在我闭目养神的眼帘。它们知道，我不是衣锦还乡的成功者，不是城里心血来潮的观光客，不是教授不是翻译家，而仅仅是远方归来的疲惫的游子。

是的，我是很疲惫，很累。能不累吗？上课，上课迟到五分钟算教学事故；翻译，翻译漂亮了有"美化"之讥，翻译平实了有"庸俗"之议；创作，创作更要绷紧神经，以免哪一脚踩上"地雷"；写论文，没等写完就要考虑投给哪家刊物更能挣到"工分"。这还不算，喝牛奶担心三聚氰胺，吃香肠顾虑超量防腐剂，鸡蛋留意苏丹红，猪肉小心瘦肉精，餐馆害怕地沟油，呼吸要躲车尾废气。馒头有彩色的，豆芽有尿素的，买叶子菜要细看有无虫眼，虫子吃过才敢吃……如此这般，仿佛整个世界的"黑哨"和暗器都集中在自己周围。让人深感维持荣誉的艰难，尤其维持生命的艰难。

那么在乡下呢？乡下至少没有饮食安全之忧。小园给大弟垫了半车牛粪,没用化肥,没施农药,没喷激素,本本分分,自然而然。渴了,进园扭一根黄瓜,摘两个西红柿。这才叫新鲜,新鲜得都能听到它们脱离母体后的第一声呼吸。兴之所至,从开裂的垄台摸出两个马铃薯,清煮也不亚于任何一款汉堡包。大葱是摆好餐桌才进地拔的,白生生绿油油,"一青二白",甜里带辣,难怪人称"青葱岁月"。水果不用买,一侧篱笆由樱桃树排列而成,无数露珠般的樱桃在绿叶间躲躲闪闪,圆溜溜、红艳艳、娇滴滴、羞答答。摘时稍不小心,果真化为鲜红的露水……

这么着,我很快明白,维持生命并不艰难,也并不需要太多的东西。一家三口回来一个星期了,一个星期还没吃完一架豆架半架黄瓜,西红柿连一株上的也没吃完,小半垄茄子青椒大体完整地剩在那里,硕果累累,摇摇欲坠。吃的速度赶不上长的速度。清晨门前有人叫卖豆腐,大豆腐一元一块,干豆腐二元一斤——三元钱足够一天蛋白质开销。那是真正的豆腐。固然没有超市"日本豆腐"那么白嫩,但味道实实在在,绝对是豆腐味而非蒸水蛋味。如此吃喝计算下来,即使加上主食,一家三口一天十元也大体够了。于是我开始反省,在城里是不是需求太多索取太多了? 我们果真需要喝那么多牛奶,吃那么多香肠、那么多猪肉牛肉鱼肉吗? 所谓生之艰难,不仅仅在于食品安全,恐怕还同欲壑难填有关……

对了,还有一点要向城里留守朋友禀报:半年来久治不愈的牙痛病——任何人都知道牙痛是多么不堪忍受而看牙医是多么有伤尊严——居然不治而愈!怪呀,怎么不痛了?意识到时已然不痛了。无他,只能归功于不到一个星期的乡下生活。何以如此呢?因为咀嚼的东西简单了,清淡了,安全了?我开始想入非非,是不是该放弃城里教职而在乡下开个牙科诊所当牙医?论收入,牙科医师可是比文科教师高得多的。

(2012.7.24)

保守也是优势

古代有解甲归田、致仕还乡之说，而生在现代的我，既不曾披甲上阵又不曾辗转仕途。但不管怎样，三年前我还是在老家所在的乡下小镇花五万元买了带两分地的三间房，以慰故园之思。乡下就应有乡下味儿。于是灵机一动，在北墙玻璃窗内侧做了小方格木窗，糊纸嵌了上去。夕阳西下时分，每有几缕夕晖穿过后院的树梢从一排向日葵间投在纸糊格窗上。阴晴相间，光影斑驳，温馨蕴藉，妙不可言。看得我时而浮想联翩，时而神思悠然，自以为是神来之笔。一日拿出相机，选个绝佳时刻，拍摄下来挂上微博。

不出所料，不少网友迅速转发，评价亦相当不俗，可见人同此心。不过，亦有意料之外的留言。如有网友谓"和风十足""东瀛味儿十足""典型的日本风格"等等。看得出，留言皆是出于好意的正面评价，并无"哈日"之嫌，但还是引起了我一些思考。

或长或短,加起来我在日本住了五年。五年住的都是"和风十足"的日式民宅。日式民宅最典型的外部特征就是木格纸糊拉窗拉门。但这次的"神来之笔"并非得自和风体验,而是想约略再现中国传统民居风格,或者莫如说同外婆老屋记忆有关。记得小时候去的外婆家,便是这样的木格纸窗,上下两扇。上扇全是木格糊纸,开启时用屋顶椽子上的带线木钩吊起窗扇底端。下扇周边同为木格糊纸,中间镶一方形玻璃采光。开启时双手握住窗扇两侧,整个端出靠墙而立。旋即,清风忽一下子涌满屋子,凉爽极了,敞亮极了。有时小燕子领着麻雀也一闪飞进屋来,上下左右扑棱好一阵子才从窗口飞向蓝天,还是孩子的我的一颗心也好像随之飞向蓝天。还有的时候我从如此后窗跳进园子摘杏摘樱桃,摘完吃够就去墙根南瓜花那里抓蛐蛐儿捉知了。可以说,木格纸窗就是外婆家,就是外婆的老屋。它同外婆脸上慈祥的皱纹构成了我少年时代极温情的记忆和心中挥之不去的原生风景。

说回微博。网上留言的朋友应以"80后""90后"居多。他们和我无非相差一代。一代二三十年。莫非仅仅二三十年那些传统的木格纸窗就消失了?是的,是消失了。我接着回想,外婆家后来也好像换上了对开全明玻璃窗。再后来新盖的房子,索性一开始就改用玻璃窗了。木格窗从此消失,糊窗纸当然也不见了，这次我就没有买到。只好花高价买来据说是从日本进口的仿佛半纸半塑料的窗纸。作为我当然更想用外婆时代的糊窗纸：粗糙的手感，厚薄不匀，明暗不一，甚至可以辨认出其中夹带的麻绳头儿和细草梗，给早上的太阳或傍晚的霞光一照一抹，多美好啊！逝去的美好时光！

果然逝去了，我的下一代就无此审美体验了。以致当即认定是"和风"，是"东瀛味儿"，是"日本风格"。怪年轻一代的无知？怪日剧的风行？怪本土民居木格纸窗的消失？答案不言自明。

但问题是，木格拉窗在日本为什么就没有消失？论建筑史，肯定中国的木格拉窗在先而日本的在后；论现代化进程，肯定日本在先而中国在后。然而以木格纸窗为明显特征的传统民居样式在日本保留下来，我们则只能在故宫、周庄等处偶尔觅得木格纸窗的踪影，而在新式民居荡然无存。难怪有人说唐朝文化在日本。

在这个意义上，我以为保守也是一种优势，尤其文化上的保守。多少年来，我们习惯了革命式、断代式、造反有理式思维模式。"不破不立""破四旧立四新""破字当头立在其中"等口号几度响彻中华大地并被果断地付诸实施。致使多少古代石雕佛像身首异处，多少千年寺院庙宇化为废墟，多少唐宋明清城墙城门土崩瓦解，多少珍稀典籍付诸一炬。影响所及，就连智者如马寅初也在"文革"期间因怕受连累将多年珍藏的名人字画古籍善本主动焚烧一尽,而梁漱溟的则被红卫兵浇上豆油灰飞烟灭……

未尝不可以说,唯其保守,才有文化传承,才有民族血脉,才有精神家园;唯其保守,日本才有和风建筑,才有几近完好如初的京都、奈良,才有和服与花道、茶道各个流派;唯其保守,欧洲古街、古城堡、古教堂才依然如故,英国、丹麦、西班牙等国才有皇室在文化传承上发挥独特作用。不妨认为,科技锐意创新、文化相对保守是日本和欧洲许多国家的一个发展模式。时至今日,我想我们也应该在此意义上给保守正名。庶几,唐风可免和风之误矣。

(2012.7.27)

一贫如洗和"一富如洗"

吉林市,吉林省吉林市。吉林市并非吉林省的省会,省会是长春市。故乡小镇正好位于两市之间,去哪边都同是火车四五十分钟车程。不同的是,往长春去一路所经是平坦的田野,未免有些单调;去吉林则一路山峦起伏,接近市郊也山势不减,加之有松花江悠悠流过,风景好出许多。"我的家在东北松花江上,满山的大豆和高粱"——无论对往日流亡同胞,还是对今日远方游子,都更能激发故园之思,唤起家乡之情。

在宾馆办入住手续时,起始也颇令人开心。借用村上小说《舞!舞!舞!》中形容海豚宾馆前台女孩的说法,"女孩们如同做牙刷广告一样迎着我粲然而笑"。满街的美人蕉,满眼的美人,我不由得暗自庆幸。"身份证?"哎呀,不好,身份证忘了。"没身份证?没身份证恕不接待!"我问别的证不行吗?工作证、图书借阅证,护照户口簿什么的……"不行,上边刚刚重申，非身份证不可！""牙刷广告"即刻变成了武警广告。我于是得知，我的"985"大学教授身份、研究生导师身份、翻译家身份及其他所有身份在此都不是身份。哼，让你整天自鸣得意！你以为你是谁？

到底是在吉林市当小公务员的弟弟反应机敏。他掏出手机讲了几句，请女孩接听手机，女孩遂由武警广告变回"牙刷广告"，重新迎着我粲然而笑。原来弟弟找了负责此片治安的警官，而这位警官碰巧是我几十年前在乡下务农时熟人的二小子。这么着，我不仅一洗逃犯嫌疑，避免露宿街头，而且成了警官晚宴上的嘉宾。人世间果真充满了不确定性，比"后现代"还"后现代"。

好事还不仅此一桩。二小子警官领来一个二十来岁的女孩："您的粉丝，听说请的是您，兴奋得什么似的！"女孩是他妹妹的千金，在江南一所很够档次的大学读中文系，举止优雅得体，长相顾盼生辉，笑起来活像清晨刚刚绽放的美人蕉。她母亲也来了，当年我在乡下当团总支书记的时候，她还是扎着两条小辫举着三分钱冰棍满院子欢叫的黄毛丫头，端的恍若隔世。

一桌子围坐十几人。主宾固然是我，但主角显然是美人蕉女孩。席间不知怎么聊起富人话题，女孩因之讲出她最近经历的纪实版"拍案惊奇"。她跟亲戚去一位富人的豪宅开眼界。那是真正的富人，真正的豪宅。豪宅造价多少不得而知，反正光装修就足足开销三千万。墙面装修用的是纯植物制品浮雕。房间之多，有的可能主人都从未进过。麻将室自不消说，连专门喝红葡萄酒的房间都有。"楼下楼上、楼上楼下参观一遍，却连一间书房也没有，怎么会这样子呢？哪怕有个书架也好啊！"这位中文系大三女生满脸诧异和困惑的神色。一听说书，我来劲了，趁机火上浇油："总不至于一本书也没有吧？""真可能一本也没有，反正我没见到。喏，这就是富人，富得一贫如洗！"女孩换上鄙夷的语气。女孩说她参观后"采访"了这位富人，问他的致富经验和"诀窍"。但富人支支吾吾说不清楚。倒是清楚中央财政还欠他四个亿。"实在太富了，所有款式型号的梅赛德斯－奔驰他都有，车库里一排排整装待发，随便你开哪一辆。"女孩随即感叹，"看样子他很无聊，自己都说每天不知干什么好。别看他富可敌国，其实一贫如洗！"

女孩再次说出一贫如洗这个四字成语。从成语本义来说，属于明显的误用，但从修辞角度而言，无疑恰如其分——女孩显然是说那座豪宅的主人、那位富人精神上一贫如洗。这让我颇感欣慰："90 后"有这样的认识，有这样的价值取向，委实难能可贵。也就是说，那位富人在这个女孩眼里一文不值！作为男人，尤其作为这样的男人，该是多么可悲的事情！这说明在这个充满不确定性的世界上至少还存在一种确定性。看来我得感谢自己没带身份证。带了,肯定无缘见证这种确定性,无缘见到美人蕉女孩,无论在何种意义上,她都是真正的美人蕉!

无独有偶,回来翻阅报刊,发现了同样独具一格的表达:"一富如洗"。著名红学家冯其庸老先生说他的江南故乡小镇"一富如洗"——富了,路宽了,漂亮了,人们住上新楼了,可往日的石板桥、往日的民居、往日的祠堂寺院拆得干干净净。"过去一贫如洗,现在一富如洗啊!"老人感慨万端。

"一贫如洗""一富如洗":反义词还是同义词?

(2012.8.17)

"香车美女"和三轮摩托

　　非我忽悠,每次外出讲学,无论北京上海还是武汉广州,到了即讲,讲完即走。即使偶有大半天时间剩余出来,也往往谢绝主人陪同游览的好意,宁愿自己一个人闲逛。我喜欢一个人闲逛。一个人且闲且逛,还有比这更美妙的事情吗?落日楼头,夕晖残垣,旧时街巷,古玩摊前,攀缘其上,徜徉其间,抚今追昔,感时兴叹,个中乐趣,莫可比也。

　　但事情总有例外。如河南之行。几年前去河南师大所在的新乡,我便没有谢绝,任凭主人派车,长途奔驰数百里。看罢我向往已久的岳飞故里汤阴,回程拜谒了林姓始祖干庙,深感不虚此行。最近一次就是焦作之旅了。"五·一"过后没几天,焦作一所颇有历史的大学找我去做所谓学术报告。我这才晓得作为"全球首批世界地质公园、国家级5A风景名胜区"的云台山就在焦作。当然不在焦作市区,在其所辖武修县境内。

抵达当天即讲，翌日主人安排游云台山。新得仿佛刚刚下线的宽大的公务车，漂亮得不亚于车模的女同行——莫如说更是女孩——陪同前往。真个"香车美女"，一切恍若梦中。

绵绵太行，巍巍云台。想不到印象中灰头土脸的河南居然偷偷保留了这样一块方圆一百九十公里的好地方。红石峡，华夏第一奇峡。或奇峰入云，或乱石穿空，或急流飞泻，或泉水叮咚。潭深林幽，无限玄机。尤其山涧两侧的红石悬崖，俨然无数三国赤壁绵延不绝。惜乎游客太多，摩肩接踵，前堵后拥，加之不时有人呼朋唤友，欢声笑语，好不热闹。女孩笑着解释，次次如此，别无选择。我一时诗兴上来，应道倘在夜深人静时分，效仿苏东坡携三两好友来此一游，闻江流有声，观断岸千尺，披江上之清风，赏山间之明月，何其快哉！对方毕竟是文学硕士出身，对曰忽闻虎啸猿啼，岂不扫君雅兴！

离开江石峡，转去泉瀑峡。但见峰峦壁立，草木际天，泉瀑飞落，势不可挡，上下千尺，顷刻探底，浑似蓝天射下的一支银箭。及至山风吹来，顿时腾雾生烟，万千变化，极尽缥缈丰娆之致。辗转走出泉瀑峡，忽见大江横陈：子房湖！湖长八里，不见头尾。湖？江也！车行湖畔，一侧波平如镜，天光云影，一侧层峦耸翠，上出重霄。车移景换，逸兴遄飞。女孩说仍有若干去处可看，我说足矣足矣。美食也好美景也罢，都贵在节制,不宜尽兴。因有未尽之兴,方有来日之约。

次日下午航班,上午仍可偷闲。这回我坚决谢绝"香车美女",恢复常态。吃罢早餐上街。张望之间,瞧见一辆厢式敞篷三轮摩托车停在公园门口,遂问开车的老者近郊可有古城遗址,老者热情爽快,叫我只管上车。颠簸大约二十分钟,车在显然修复过的砖石墙前停下。墙上标牌写道"山阳故城"。老者感叹原先城墙长达数里,如今只剩短短一段,"你自己上去看吧,我在下面等着,不急。"

爬上城墙。其实是土城墙,乃战国遗物,时属魏邑,北齐废之。曹丕篡汉自立,以汉献帝刘协为"山阳公"。至今云台山仍有汉献帝避暑台、汉献帝陵两处景点。毕竟时隔两千余载,说是城墙,实则不过是约略高出地面的土堤罢了。好在宽度足够,怀菊(焦作之地明设怀庆府,故名)正值花期,指甲大小的花朵齐刷刷金灿灿的,如满天黄色繁星忽一下子滑落地面。密密匝匝,却又历历可数。貌不惊人,却又饶有风韵。菊花一般晚秋始开,故称秋菊,怀菊却开于初夏。加之我从没见过花朵这般精致小巧的菊花,不由得又惊又喜。也巧,满目金黄之中有一条小径蜿蜒穿过。漫步其间,心情倏然放松。郊外,古城、野菊、田园、初夏的阳光、偶尔的鸟鸣,清风徐来,空无人影——"时人不识余心乐,将谓偷闲学少年"。

随后,老者又主动带我去了千年古刹"圆融寺"和宋代

"当阳峪窑"遗址。我也因之从老者口中得知焦作地名的由来——当阳峪无数陶瓷作坊之中,唯有焦家作的最好,因名"焦作"。不过相比之下,还是郊外路上风景最可我心。田畴广远,村落依稀,青山绵延,山花烂漫。且有敞篷摩托,八面来风,独坐其上,堪比"山阳公"矣!

若问"香车美女"和"三轮摩托"哪个更好,答案或在文中或不在文中,反正我不知晓。

（2012.6.17）

并非另类的婚礼

金秋十月。十月是收获的季节。庄稼收获了颗粒,尤其稻谷,沉甸甸金灿灿的;果树收获了果实,尤其苹果,圆滚滚红艳艳的。苹果,伊甸园的果,亚当夏娃偷吃的果,因此也是爱情之果。不知是不是与此有关,十月也是收获爱情的季节——海滨沙滩,公园草坪,湖畔亭榭,艳阳之下,夕晖之间,微风之中,洁白的婚纱,娇美的女孩,挺阔的西装,英俊的男士,纷纷留下一生中最难忘的瞬间。尔后步入婚礼殿堂,面带羞涩而满意的笑容,海誓山盟,交杯换盏,接受无数亲朋好友的祝福……

面对此情此景,青年人未免有一丝嫉妒,恨自己不是那位新郎或新娘;中年人更多怀有几分冷静,透视的是婚礼过后平庸琐碎的日常;老年人也许产生几许羡慕,羡慕活力、激情与年轻。是的,人老了,一般不再羡慕权势和财富,也不再羡慕成就和声望,而只对年轻羡慕不已,感叹自己韶华不再,曾几何时……

我自己没有举行婚礼。严格说来,参加过的婚礼也只有一次。那是如今年轻人无法想象而又实有其事的婚礼,因此我想简单描述一下。

时间同是十月,具体哪一年记不确切了,反正是"文革"期间。一位很要好的初中同学要结婚了,通知我务必参加并致辞。他告诉我,他母亲为他订了一门亲,大概是远房亲戚,但他坚决不同意,而执意和我们班一位女同学结婚。因此,他的结婚颇有向包办婚姻这种封建余毒宣战的悲壮色彩。他甚至为此引用了毛主席语录"下定决心,不怕牺牲,排除万难,去争取胜利"。于是,我出席他的婚礼也就有了声援他的革命行动的意味。并且应他的要求,把我准备的致词用毛笔写在一张红纸上。那天早上我就手拿这红纸卷,沿着山路雄赳赳向七八里外的一座小山村赶去。

婚礼就在他家草房里进行。迎门的山墙正中间挂着毛主席标准像,像两侧贴着毛主席语录。左侧写的是:我们都是来自五湖四海,为了一个共同的革命目标,走到一起来了。右侧写着:世界上没有无缘无故的爱,也没有无缘无故的恨。婚礼开始。首先由胸前别着金灿灿毛主席大像章的新郎新娘即我的两位男女同学向毛主席像三鞠躬。然后由我作为来宾代表致辞,我打开那张红纸高声朗读起来:"伟大领袖毛主席教导我们说:四海翻腾云水怒,五洲震荡风雷激,要扫除一切害人虫,全无敌。在无产阶级"文化大革命"取得节节胜利的大好形势下,你们为了一个共同的革命目标走到一起来了……"最后再次引用毛主席语录,希望他俩做"一个高尚的人,一个纯粹的人,一个有道德的人,一个脱离了低级趣味的人,一个有益于人民的人"。婚礼第三项是由生产队政治队长兼党支部书记向新郎新娘赠送"红宝书"——《毛主席语录》和《毛泽东选集》……

事情过去四十多年了。你尽可以从中提取种种信息、种种意味、种种教训。但你不能否认其中含有某种纯粹性。由于太纯粹了,以致现在看来有些滑稽。或许,任何纯粹都或多或少显得滑稽。反言之,任何滑稽又可能多少含有某种纯粹。

(2011.10.15)

换了人间

也别总发牢骚,教师地位如今还真不算低。且让我举个最新证据。夏末秋初,我得以借开会之机赴北戴河一游,住的是首都一所高校(会议主办方)在北戴河的"培训中心"。那所高校并非北大清华,在名校云集的京城仅仅是略略浮出水平面的一般高校罢了——一般高校竟能在名闻中外的避暑胜地拥有自家教师专用的"培训中心",可见教师地位今非昔比,换了人间。并且"中心"建筑物并非受气似的处于边角料位置,而是位于通衢大道的第 1 号,占地相当阔绰,若干大斜坡红顶别墅式建筑,一大排开得金灿灿的向日葵,一两亩绿油油的落花生和水灵灵的半裸式红萝卜,镂花院墙爬满娇滴滴的"超女"似的牵牛花。啧啧,在这样的"中心"培训一番,作为教师笃定脱胎换骨神清气爽。移步前行,但见"培训中心"比比皆是:移动通信的、银行的、纪委的……门面一个比一个开阔,占地一个比一个大,建筑一个比一个威武。移动通信是什么地方？是最"牛"的"成长股";银行是什么地方？是银两最多的行当;纪委就不用说了,是贪官污吏们闻风丧胆因而最有权势的机关!大学的培训中心即半培训半休养的设施得以同这样的单位比邻而居,这本身就是一种象征,一种明喻,一种说服力。

说回北戴河。北戴河是我继长江黄河和家乡的饮马河就接着晓得的河名、地名。四十年前在乡下务农时就晓得了。那时流行往墙上贴毛主席像、毛主席语录和毛主席诗词。记得我贴的毛主席诗词中有一首就是《浪淘沙·北戴河》,手写体,不易辨认。好在我喜欢《毛主席诗词》——也是因为那是当年唯一公开发行的旧体诗词——三十几首诗词倒背如流,"北戴河"又好背,自然不在话下。这么着,每当窗外下大雨庆幸不必出工的时候,我就仰面躺在炕上眼望那首词,一边想象"大雨落幽燕"的光景,一边用手指在肚皮上模仿上面如大雨一般气势磅礴的字迹,一直模仿到最后一句"萧瑟秋风今又是,换了人间",如此周而复始。若窗外下的是秋雨,刮的是秋风,对"萧瑟"二字就有了格外深切的感觉。相比之下,对"换了人间"的宏大主题反倒理解不透,总好像隔了一层。依当时流行的解释,毛主席是用来"满怀欢欣"讴歌新世界的,故而"换了人间"乃点睛之笔。但对于我个人来说,只是教室墙上的"学习园地"换成了批判老师的大字报,后来又从教室换到了地垄沟罢了。自己感觉到的,唯有秋风的"萧瑟",而无"换了"的欢欣——那是我人生中最"萧瑟"最迷惘的一段旅程。但不管怎么说,北戴河和井冈山一样,成了我最"熟悉"的一个地方。

"往事越千年"谈不上,但也有四十年了。四十年后的今天,我实际来到了北戴河。也巧,毛主席眼望大雨大海写那首词的地方离住处只有几分钟的路,且会议开完后的那天下午又下了不小的雨,我就撑伞在雨中走了过去。那地方叫"鸽子窝公园",进去后直奔最适于观海的"鹰角亭"。鹰角亭建于鹰角石之上。鹰角石乃一状似雄鹰的巨型礁石,石壁如削,临水兀立。登临其上,正值雨势加大,风势变猛,无数雨梭射箭一般把天空和海面连在一起,上下苍茫,唯见一道道白色的海浪宛如旷野中被风掀动的一排排塑料大棚滚动着颤抖着喘息着朝胸口压来。那么有气势,那么有动感,那么白,白亮亮的,在黯然失色的海天之间显得那么耀眼,果然"白浪滔天"。刹那间,但觉这四个字"咔"一声接在四十年前躺在炕上想象的"大雨落幽燕"之后,合为一个完整的意象。我忘记了横向打来的急雨,怔怔立在那里。良久,回头走下石阶。没走几步,石刻手写体《浪淘沙·北戴河》赫然立在眼前。那是我不知模仿过多少次的字迹,久违之感油然而生。我明白了,那大约是只有在这里才能产生的字体：挟风带雨，携浪冲天，而又从容不迫，气定神闲。侧头一看，毛主席正身穿大衣站在一块大石头上眼望大海。那也是当年不知看过多少次的形象，而现在得知，毛主席一九五四年便是以这样的姿势定格为照片。他老人家此刻在看什么想什么呢？较之"白浪滔天"，更多的大概是感慨"换了人间"！

我也终于理解了这首词的主题。

（2007.9.3）

附《浪淘沙·北戴河》全词

大雨落幽燕，白浪滔天，秦皇岛外打鱼船。一片汪洋都不见，知向谁边？

往事越千年，魏武挥鞭，东临碣石有遗篇。萧瑟秋风今又是，换了人间。

第二编　中国何必在舌尖

"高墙"与"鸡蛋"之间的困惑

往乡下老家打电话,大弟说他正在打工,为附近新拓宽的国家一级公路扫雪,每天扫五个小时,扫一个月挣九百。"行啊,"大弟说,"闲着也是闲着,毕竟能扫出九张大钞!"我问那个地方也通车了吗,他说通了。所谓"那个地方",是指妹妹家门前那一小段。按规定,公路两侧三米以内所占土地和房屋给予补偿,而妹妹等几户人家,不知幸与不幸,距离居然为 3.15m,即不属于补偿范围,分文没有。妹夫他们不服,在交涉无望的情况下,从一年前的腊月二十三开始,轮流守在路旁不许施工,白天老头老太太守,夜晚换中壮年。东北不是广东,寒冬腊月,滴水成冰,夜晚甚至低于零下 30℃。尽管如此,他们一直守到施工人员下工的深夜。兄妹之间,作为兄长,我当然对"那个地方"分外关心。老实说,一块心病。

既然大弟说通了,我又问怎么通的,是不是给了妹夫他们一些补偿。大弟回答:"哪有补偿啊,一分钱都没有。上面来了人,领警察来的,赶走了事。有人不走,就挨了打,打伤了。"打伤有没有补偿?我追问。"补偿?谁补偿?打了就打了,白打!"我说这太不像话了。大弟说:"农村,像话的事能有多少!上面要求国庆节前必须通车,就差那个地方通不了,那怎么行呢……"听语气,大弟也好像认为通车更重要。我随即激动起来,告诉大弟,人的尊严、人的安全比公路、比国庆节前通车重要得多宝贵得多,那种做法是不正确的……讲了一通,忽然意识到大弟小学还没毕业,未必能准确理解"尊严"的含义。

"高墙与鸡蛋"。我脑海不由得闪出村上春树那篇以此为题的演讲中的话,"假如这里有坚固的高墙和撞墙破碎的鸡蛋,我总是站在鸡蛋一边。"挪用过来,毫无疑问,公路当局、警察是"高墙",当小学老师的妹妹和沿街叫卖包子的妹夫他们是"鸡蛋"。我应该站在妹妹、妹夫他们一边,即使他们不是我的妹妹妹夫。可转念细想,妹妹、妹夫他们果真是正确的吗?房子前墙距路边 3.15m,差 15cm 没有入围,故无权取得相应经济补偿费,阻挠施工影响工期是不对的,不管一年来风里雨里冰中雪中守护"那个地方"的老头老太太多么可怜!因此,哪怕他们再是鸡蛋再撞墙撞得粉身碎骨,我也不应该站在他们一边。换言之,站在他们一边的我是不正确的。但另一方面,3.15m 无论如何也太近了。白天开门,汽车简直贴着鼻尖一路狂奔；夜晚睡觉，马达声车轮声几乎贴着耳朵呼啸而过，岂非欺人太甚？可规定毕竟是规定，公路当局和警察们是按规定行事。在这点上——仅仅在这点上——"高墙"是正确的，"鸡蛋"是错误的。

作为我，究竟应该站在哪一边？

在村上那里答案倒是明确的。他说完上面那句话，紧接着这样说道："是的，无论高墙多么正确和鸡蛋多么错误，我也还是要站在鸡蛋一边。正确不正确是由别人决定的，或者是由时间和历史决定的。"如果我认同村上的说法，那么结论不言自明：我应该继续站在作为鸡蛋的、并且已然是撞墙破碎的鸡蛋的妹妹妹夫他们一边，无论他们多么错误——无论他们的主张是否符合"3.00 m"规定，也无论他们的行为是否影响国庆节前必须全线通车的大局！以《阿Q正传》里的阿Q和赵太爷为例，即要坚定不移地反对赵太爷而站在阿Q一边。无他，因为赵太爷是"高墙"，阿Q是"鸡蛋"。哪怕阿Q突然伸手去摸小尼姑"新剃的头皮"，哪怕阿Q对吴妈说"我和你困觉，我和你困觉"，哪怕阿Q扑上去拔小D的辫子和偷人家的萝卜。

问题是，事情有这么简单吗？

其实，纵然在村上那里也并非这般简单。莫如说，在村上文学世界中，恶与善、"高墙与鸡蛋"之间并没有明确的隔离带,而大多呈开放对流状态。例如他在纪实文学作品《地下》的前言中,就对大众媒体将东京地铁沙林毒气事件中的施害者(案犯)和受害者对立起来的报道模式提出质疑,并为此去法院旁听。旁听当中,他觉得案犯原本都是极普通的人,有人"甚至有善良的一面",从而"开始极为自然地一点点对他怀有同情之念"。这点在小说《天黑以后》中借主人公高桥之口说得明明白白:"所谓将两个世界隔开的墙壁,实际上或许并不存在。纵使有,也可能是纸糊的薄薄的墙……"而到了新作《1Q84》的教主(Leader)口中,就相应成为这样的表达方式:善恶不是静止的固定的,而是不断变换场所和立场的东西。一个善在下一瞬间就可能转换为恶,反之亦然——村上在这里提出了"本源恶",即每个人心中都有黑暗的"地下世界",都有犯罪DNA。换言之,高墙=恶(错误)、鸡蛋=善(正确)这样简单明了的构图在其以上作品中并不存在。正因如此,日本有学者质问村上本人在《1Q84》中到底站在哪一边。

说远了,回到开头"那个地方"。在决定站在哪一边之前,我想应首先搞清:①"3.00 m"这个规定是否正确是否合适?②这个规定是谁做出的?有何法律依据?程序是否合法?③这个规定是否将给村民造成实际损害?有没有就此论证或评估?④为什么打人?打人者为什么逍遥法外?

一句话,在"高墙与鸡蛋"面前有个是非以至法律问题。

而若法律本身站在高墙一边而不保护"具有无可替代的灵魂和包拢它的脆弱外壳的鸡蛋"（村上语），那么就要重新审议修改法律。所幸，文章写到这里的时候，媒体报道国务院常务会议审议并原则通过《国有土地上房屋征收与补偿条例（草案）》，条例取消行政强制拆迁，征收补偿方案要征求公众意见——房屋如此，仅距房屋 3.15m 的土地征收想必也会有个相应的说法。但愿我的"高墙与鸡蛋"之间的困惑到此为止，但愿。

（2010.1.20）

城管的眼睛和我们的眼睛

一位刚从国外读完博士课程回来的"海归"同事近日向我讲了一件事。事情其实太简单了,简单得简直不值得讲。而她所以非讲不可,一是因为她刚从国外回来,脑袋一时转不过弯;二是因为她希望我写出来以引起国人注意。下面就是她讲的了。除了我加的几个形容词外,基本是其原话。

一天早上散步时,住宅小区路旁有人卖菜。卖菜的人看样子是刚从农田里干完活的乡下中年妇女,大半截裤腿给露水打湿了,鞋面不但湿,还沾着泥巴。菜就更像是刚从农田里摘下来的了,黄瓜分明带着露珠,顶端开着水灵灵的小黄花,浑身是刺儿,直扎手,和超市装模作样的"无公害"黄瓜相比较一看就不同。看得她满心欢喜,小心捡四五根买了,又顺便买了半扎带泥的小葱和两把水萝卜什么的。买完刚转身,忽见一辆轻型卡车开了过来,上面跳下一位城管,不由分说地把卖菜妇女眼前的几堆菜连同垫布整个卷起，"呼啦"扔上车去。卖菜妇女怎么哀求他都不理，扭头跳进车厢，发动机声随即变大。海归博士感到不忍，赶紧上前几步，请城管把菜留下，"农村妇女，大老远背一点菜来卖几个钱挺不容易的，下不为例就行了嘛……"但城管完全不为所动，只管用眼睛默默看着她。"那眼睛是多么冷漠啊，一点儿同情意思也没有！我真想不明白，一个才二十几岁的男孩子，怎么学得那么冷漠、冷酷？"她再次要求我一定写下来给报纸发表。"随便摆摊卖菜固然成问题，但更成问题的难道不是城管的眼睛吗？"

写到这里，我不由得想到一位在海外旅居多年的华侨写的一篇文章，文章同样提到眼睛，说一踏上故国大地，就觉得一些同胞的眼睛不对头：居然充满戾气，充满冷漠，几乎没有善意、没有平和，人的眼睛怎么会变成这样？

我想，这位华侨看到的自然不可能是城管的眼睛，而是普通人普通情况下的普通眼睛，即我们大家的眼睛，却同样为之困惑不解——眼睛真成了问题。

我也遇到过成问题的眼睛。去年暑假回乡，一次去亲戚家所在的小镇。那里风景很好，在关东特有的晒而不热的明丽的阳光下，花草树木显得那般平和，充满善意。也是因为这个关系，小镇一条被污染的小河显得格外扎眼。并非工业污染，河水很清。可惜河边满是垃圾。五颜六色的塑料袋胀鼓鼓的,垃圾从袋里鼓了出来,淌进水里,或顺水漂流或挤在一起,河水挣扎着勉强流过。如果把垃圾打捞出来放去指定的垃圾点,那该是一条多么美丽的小河啊!

张望之间,也巧,离河边不到五十米的山脚下矗立着一座蛮气派的办公楼。走过一看,门口挂着镇政府牌子。我暗自庆幸,进去交涉。心想以我这大学教授三寸不烂之舌和一片环保之情,说服小镇基层干部建几个垃圾点,那还不轻而易举!我兴冲冲跨进楼去。没有门卫要我登记。从一楼到五楼,逐层侦察一遍。书记镇长们的办公室门关着,其他办公室门开着。不知何故,里面居然都有床。床前桌前大多有两三人或坐或站,看不出在干什么。个别办公室似乎较忙,乡亲们进进出出。我略一迟疑,走进挂有"整风办"牌子的办公室。既是"整风办",党风政风必然最好,而且里面只有一个人,容易交涉。不料没等我完整说完一句话,他就不耐烦了:"快说快说,有什么事快说!"我刚说到小河,他抬起眼睛:"河?河什么河?河污染不归我管,我只管精神污染!"我顿时"呛"住了,看他的眼睛:三十几岁的男人眼睛,毫无精神,更无光彩,除了冷漠还是冷漠。

我不甘心,又进了几间办公室,情形大同小异:语气除了不耐烦还是不耐烦,眼睛除了冷漠还是冷漠。借用村上春树的修辞法,仿佛全世界所有电冰箱一齐朝我大敞四开。我只好灰溜溜地走了。走到小河边。一个人走来,把一桶厨房垃圾连汤带水倒进河中,头也不回地走了。假如小河有眼睛,那会是怎样的眼睛,怎样的眼神呢?

是的,不仅城管,或许我们许多人的眼睛都出了问题。所幸眼睛不会说谎。同表情、嘴巴和手里的笔相比,眼睛不知诚实多少倍。即使同一对眼睛,在看领导,看美女,看钞票时也很可能变成完全不同的眼睛,或谄媚或痴迷或"放电",反正同冷漠绝缘。而最理想的眼睛是:每一对眼睛都像注视自家婴儿那样平和,那样善良,那样温情脉脉……

(2011.6.10)

领导说"蒲公英是杂草"

野花之中,我特别中意蒲公英。

北方的春天其实更是冬天的延续,冷、旱是两大主题。令人惊异的是,无论多冷多旱,蒲公英都能在尚未返青的荒草中绽开嫩黄色的小脸,宛如"哗"一下子自天而降的点点繁星。即使在路旁孤零零开一两朵也别具风情。孤独,但绝不自恋;倔强,但绝不自傲;藐小,但绝不自卑;楚楚可怜,但绝不可怜兮兮。每次相遇,都与之对视良久。凄冷中的温暖,苦难中的美丽,荒芜中的生机,乡间的梦幻,都市的乡愁。如果说迎春花是早春天使舒展的彩袖,蒲公英则是其明媚的眼睛。

岂料,清晨外出散步,忽见两名四五十岁的壮汉在草坪上手持车轮大小的转盘式剪草机左右晃动,转盘锯齿正带着刺耳的轰鸣朝蒲公英疯狂旋转,蒲公英的小脑袋齐刷刷四下飞溅,周围一片狼藉。我大吃一惊,忘了不许践踏草坪的规定,三步并作两步朝两人跑去,喝令他们停下,停下!两人停下来看我,我气急败坏地质问他们为什么要剪蒲公英,不知道蒲公英刚开花不知道蒲公英好看不知道蒲公英……,气得我快说不出话了。两人态度还好,平静地告诉我,他们当然知道蒲公英刚刚开花而且绝不难看,也不妨碍什么,"可是领导说蒲公英是杂草,叫我们片甲不留,统统剪掉,我们敢不剪吗?不剪,一会儿来检查怎么办?"我略略缓了口气问道,领导说是杂草就是杂草吗?重要的是在你俩眼里是不是杂草。"我俩好歹也算园艺工,当然知道蒲公英不是杂草,甚至草都不是。但问题是在我们眼里是什么并不重要。你知道,在咱们中国,领导说是什么就是什么。蒲公英是不是杂草,蒲公英说了不算,你我说了不算,领导说了算。难道你没有领导,你敢不听领导的吗?除非你是领导的领导。"

我也不是等闲之辈,当然不会就此收兵。我让两人告诉"领导":草坪不是领导一个人的,不是他家的院子更不是他的脑袋瓜上的头发,不能想剪就剪想剃就剃。草坪是大家的,蒲公英是大家的,不能他说是什么就是什么。我越说越激动,"我看他倒是杂草!"园艺工看了我一会儿:"我们可以转告领导,可你是谁呢?你真是领导的领导?"我一咬牙,告诉对方我是海大(中国海洋大学)教授。两人之中的一位盯住我的脸:"哎呀,原来是林老师!报纸上常有你的文章和照片,我也看报纸的。这下好了,这就去告诉领导,就说林教授说蒲公英不是杂草,要俺们手下留情……"

第二天早上我特意去看那块草坪。蒲公英果然在剩下的大半块草坪上好端端长着,并无受惊的样子。我的蒲公英!领导还好,还算开明。我极少感谢领导,但这回我衷心感谢领导,也感谢园艺工,或许还要感谢报纸,感谢报纸忽悠出来的我个人的一点点虚名……

不过细想之下,那位领导最初的决定终究令人费解。以常识判断,直接管草坪和园艺工的领导不可能太大,不可能是市长局长一级的,顶多科长。而科长大多是大学毕业没几年的年轻人——受过高等教育的这种基层领导居然不认识也不同情同为"基层"的蒲公英,不觉得蒲公英花朵是美的?连这点起码的美学自觉或诗意情怀都不具备?若真不具备,那么他过的是怎样的精神生活呢?难道只知道"潜规则""厚黑学"不成?退一步说,就算蒲公英是"杂草"又怎么样?草不就是要杂才成其为草,世界不就是因为杂而丰富多彩吗?王小波生前最欣赏罗素的这样一句话:参差多态是幸福的本源。我也欣赏,"领导"为什么就不欣赏呢?改革开放和民主化进程推进三十多年了,而"领导"仍守着一元化思维定式不放!

话扯远了。但不管怎样,连蒲公英都视之为杂草都必欲除之而后快的人文环境、生态环境都是不正常的。说白了，连蒲公英都不让人家好好长！蒲公英碍着谁了？

（2011.5.15）

贪官其实很可怜

日本有选年度字的习惯,每年由媒体和公众投票选一个汉字代表当年国情和世道人心。有一年我就看见京都某寺院方丈像用扫帚扫地一般抱着毛笔大大写出一个"乱"字。于是我想,如果中国也有此习惯,那么连年入选的大有可能是同一个字:贪!吾生也晚,但至少经历过"全民皆兵"和"全民皆商"两个年代,而眼下不知是不是可以说正是"全民皆贪"的历史转型期。贪者,欲望,欲壑难填。以致白岩松有话云"当下的中国,由于欲望,我们的人性处于退步的阶段"。据他介绍,虽话不好听,却意外得到了八九成网民的支持。从这里也可以证明作为假定形的年度字非"贪"莫属。

而其中最具代表性者或集大成者,又非贪官莫属。贪钱,甚至上亿;贪美女,甚至两位数;贪房子,甚至国外都有别墅。影响所及,不仅败坏党风、政风、世风,而且殃及校风、学风,就连幼儿园五岁小儿都说"长大我想当贪官"。故为党纪不容，国法不容，人心不容，可谓老鼠过街，人人喊打。但也有人不喊打。日前和一位朋友闲聊，他很镇静地淡淡道出一句话来：贪官其实很可怜！说起来，我也大体算是个以思索为职业的人，贪官当然在我的思索范围之内。但事关贪官，脑海中跳出来的语汇不外乎可气、可恨、可恶甚至可杀。要说可怜，贪官治下的百姓才可怜。于是我向他请教并一起探讨贪官何以可怜这个重大命题。

贪官何以可怜呢？朋友说，首要原因在于他别无选项。选择填空考试题一般给出 ABCD 四个选项，而他面前只有一个选项：只能当贪官，非当贪官不可。除非你不当官，学陶渊明回家种瓜种豆。倘若仍想当官，那就要当贪官。道理很简单，上下左右前前后后都想贪而只你不贪，你就成了另类，岂不招人忌恨？好比周围全是弯弯曲曲歪歪扭扭的荆棘，怎么可能从中长出一棵笔直的钻天杨呢？就算长出来了，也还有下一关：木秀于林，风必摧之。换句话说，这块土壤只能长这样的苗苗。朋友接着叹了口气："底打歪了啊，而且越来越歪。你以为所有贪官都是天生的？所有贪官都是一开始就一门心思当贪官的吗？不，而是非贪不可，别无选择，你说可怜不可怜？"

我不服气，我说我若当官就绝不当贪官。一身正气，两袖清风。哪个胆敢送礼，一脚踢出门去；哪个胆敢送钱，一把撒向天空。当环保局局长，定然山清水秀鸟语花香；当警察局长，绝对惩恶扬善四野咸宁；当建设局长，谁都休想搞豆腐渣工程；当教育局局长……我正说在兴头上，朋友轻笑一声：这么说吧，你当了建设局长或国土局长什么的，我是房地产商或大包工头，而咱们又是多年的朋友，项目招标时我找到你，条件、资质又差不多，你就能不照顾我？再假如我的大舅或二姨夫是你的顶头上司，打电话暗示你关照关照，你怎么办？某省交通厅厅长你知道吧？那把交椅谁都不敢坐，坐上一个栽倒一个。你以为几任厅长都是娘胎里带来的铁杆贪官？贪官并非他者！你我当官也是贪官，连五岁小孩都说长大想当贪官，哼！

我还是不服气，举了个例子。民国时期有个清官叫石瑛，二十年代当湖北建设厅厅长，不义之财，分文不取，概与贪字无关。三十年代任南京市市长，硬逼蒋介石的连襟孔祥熙（时任中央政府工商部长）纳税四千五百块大洋。孔氏后来伺机报复克扣南京市政经费，国民党中委会开会时石瑛抓起大墨盒就朝孔祥熙头上砸去。虽未伤其皮肉，但墨汁泼了孔氏一脸。石瑛当即扬长而去，回家即写辞呈。蒋介石深知石瑛为人耿直，加之担心若准其辞职，事情传出更对孔氏不利，于是立即派人敦请石瑛复职，并保证恢复经费。石瑛这才消气，收回辞呈。说到这里，我反问朋友：国民党那么腐败，都有民国清官如石瑛，而时过八九十年之后，反倒一个石瑛也出不了，或者说石瑛也死活非当贪官不可，岂非咄咄怪事！朋友听了，一时神色凝重，若有所思，沉默有顷。如何，事实胜于雄辩。贪官有什么好可怜的？

不过朋友说的第二点我很认同：一个人如果只知道贪钱并且贪而无厌，而没有诗意情怀，没有形而上的追求，正可谓有目不知其美，有耳不闻其乐，有心不解其真——你说可怜不可怜？况且，做贼必然心虚，每有风吹草动，虽然表面泰然自若，实则如惊弓之鸟，那样的精神状态能有什么幸福快乐可言？可怜虫！

贪官可怜的第三个原因就不用说了：下场可怜。如杭州前副市长许三多之流，出身贫苦之家，而纵横临安古都，也曾是条汉子。就连模样也足够英俊，算是天地间的一个尤物，结果死于一个贪字。除了可气可恨可恶，确也可悲可叹可怜。

（2011.8.19）

警车开道与"回避·肃静"

　　某报"一语惊人"栏目有此惊人之语：一位老兄多年来反复研究这样一个课题：用一句话概括什么是大领导。得出的结论是：从来没见过堵车的领导，才是真正的大领导。

　　敝人虽没见过大领导，但脑袋瓜天生不笨，稍加思量，恍然大悟。是笑话又不是笑话。说是笑话，盖因不可能有这样的研究课题，即便有，领导也不可能批准立项；说不是笑话，因为本来就不是笑话，却又的确含有笑话元素。

　　具体什么级别是大领导我不清楚，反正领导够了一定级别，即可享此警车开道待遇。但见一路绿灯，但闻警笛长鸣。芸芸众生，滚滚车流，或提前清场，或路旁肃立，恭请领导座驾呼啸而过。比往昔封建社会的县太爷知府大人一省督抚出行时轿前有人举牌示以"回避""肃静"的场面不知壮观十几倍气派几十倍。

不过，我也并非一律反对警车开道。领导到了一定级别，势必肩负重任日理万机。譬如抗洪救灾煤矿抢险之时，或敌兵压境社稷濒危之际，时间就是生命就是胜利，休说警车开道，纵然战机护送，我辈亦无异议。至若探亲访友剪彩赴宴开会调研等一般性出游，愚以为大可不必。一来扰民，须知民也有民的要事，如孕妇临盆老人病危小儿输血等等；二来增加行政开支即增加纳税人负担，据说我国二十六个人养一个官，非同儿戏。

那么一定级别到底是什么级别呢？我想总该是省部军级吧？否则也不可能身负上述重任。可是我亲耳听得身边朋友说——所说绝非笑话——朋友单位录用了一位某县委书记刚从大学毕业的千金，双周日单位职工集体去该县旅游。该县委书记即以警车开道之仪将旅游大巴迎至饭店设宴接风。倘若大巴上有本文开头提及的课题组研究人员，就不难得出"一语惊人"的结论。可问题是县委书记算是大领导吗？也就大学讲师的级别嘛，比我这个教授差了何止一两级！再说又不是公务。

还有一事乃我亲眼所见。乡下老家有个当兵退伍的弟弟，下岗多年"自谋"，谋得清扫国家一级公路一职。一天扫五个小时，夏季上午8：00—11：00，下午3：00—5：00。扫一个月得950元。去年暑假回乡，见他下午5：30仍在挥舞竹扫帚横扫不止,扫得路面竟如客厅地砖一般。问之,谓大领导要经此路段去某地视察。因警车开道,风驰电掣,故路面大小石子必须清扫干净。如此提前加班扫了半个月,每天加班两小时。后来我问给没给加班费,弟弟说没给,白扫。

听得我十分气恼。大也好小也罢,领导可是人民公仆啊,太不像话!

（2012.8.18）

我为什么要改洗脚馆为图书馆

日前南下杭州，应邀在浙江大学和浙江工商大学讲演。讲到当今社会庸俗之气越来越浓，而读书之风越来越淡。也是因为一时讲得兴奋，不由得大放厥词，宣称假如自己当上杭州市市长，第一道市长令就是把洗脚馆统统改成图书馆，台下随即响起足够热烈的掌声。注意，的确是掌声，而不是嗤笑声。这就是人心所向，就是希望。我因之激动了好一阵子，晚间差不多喝完一瓶绍兴花雕。翌日"市长令"挂上微博，同样反响热烈，转发4300余次，评论2500多条。只是，出乎意料的是，这回响起的大多是嗤笑声。岂止嗤笑声，谩骂声都此起彼伏。笑我穷酸文人者有之，自我膨胀者有之，骂我极权法西斯者有之，暴力强奸民意者有之。还有的谩骂简直不堪入耳。很难相信全部出自杭州2300家洗脚馆老板之口。骂得我好不来气，一口气喝光了两扎青啤加二两白干。

何以如此呢？一来这不过是虚拟市长令，二来无非是一种喻指或修辞手法罢了。即使从字面上也可看出这是出自读书人的文化焦虑：我们文化贡献太小了，或者说我们的文化影响力太弱了！众所周知，我们在经济领域已经相当强大。2011年经济总量接近七万亿美元，外汇储备逾3万亿，世界上数一数二。对全球经济增长贡献率也已达25%。可是我们的文化贡献率呢？试问我们有几所大学进入世界50强？我们的大学培养出了多少钱学森心目中的杰出人才？用北大教授钱理群的话说，我们的一些大学(包括北京大学)正在培养一些精致的利己主义者——他们高智商、世俗，善于表演，懂得配合，更善于利用体制达到自己的目的。这同钱老语境中的杰出人才相差何止十万八千里！再试问一句，一百多年来我们出了几个举世公认的科学家、发明家、哲学家、思想家、文学家？哥伦比亚、阿根廷、秘鲁这样的南美小国都出了加西亚·马尔克思，出了博尔赫斯，出了巴尔加斯·略萨！我们呢？我们出了谁？我想大凡有点文化情怀和忧患意识的人，都不能不为此感到焦虑。

不读书的另一个结果，就是使得整个社会充满庸俗之气。从官场到学府，从媒体到社区，没有神圣感，没有使命感，没有敬畏，没有崇高，一句话，没有形而上的精神追求。有的只是戏谑，只是恶搞，只是庸俗。一如王小波所说"一切都在无可避免地走向庸俗"。说得太对了！换成钱理群的说法：这是一个消解神圣，消解浪漫、理想的追求，最终要将人的精神也消解殆尽的时代。他同时指出，中国社会发展到九十年代以后，虚无主义，以及市侩主义、犬儒主义、享乐主义，已经成为重要的倾向。并且认为这是中国社会迅速物质化、世俗化的反映。而梁漱溟早就提醒我们：恶莫大于俗！

之所以抓住洗脚馆不放，不外乎因为在我看来洗脚馆堪称庸俗的一个集约式符号。餐馆解决肚皮问题，美容馆解决脸皮问题，理发馆解决头皮问题。可洗脚馆解决的是什么？尽管有那么多网友在微博上对我进行"批评教育"，可我还是想不明白：脚为什么不在自己家里洗？一个能跑能颠能吃能喝的大男人，怎么好意思把一对形状丑陋的臭脚丫子硬生生伸到女孩子鼻子底下让人家洗？一双泥腿子，自己进城当上所谓"上等人"没几天就开始捉弄刚进城打工谋生的乡下妹子，不知出于什么心理，委实匪夷所思。我这么一说，杭州朋友青岛朋友都告诉我："林老师，事情哪里光是洗洗脚那么简单，哪里会是中医足疗那么正经——简单和正经的地方自然也有——那里名堂多着呢！藏污纳垢，那是一个公款招待滋生腐败的场所。"即使在这个意义上，我看也应该把洗脚馆改成图书馆。不管怎么说，一个泡图书馆的官员比之一个泡洗脚馆的官员，腐败概率肯定小得多，至少身上会少几分庸俗之气。

请允许我再次引用梁漱溟的话：恶莫大于俗！换言之，庸俗是这个世界，或者莫如说是当今社会最大的敌人。庸俗与否同一个人的社会地位没有直接关联。教授也可能是彻头彻尾的俗物，实际上俗物教授我也见得足够多了。我不时对我的研究生说，当你周围充满俗物的时候，就更要通过阅读在书页字里行间寻找和接触那些高洁的灵魂。如梁漱溟、马寅初、黄万里、梁思成、顾准、傅雷，如中山大学已故教授陈寅恪。陈寅恪就特别看重读书和"脱俗"之间的关系，他说："士之读书治学，盖将以脱心志于俗谛之桎梏，真理因得以发扬。思想而不自由，毋宁死耳。"

这就是说，读书才能使心志脱俗，一扫胸间庸俗之气，代之以浩然之气。广东出生的世界著名数学家丘成桐 2011 年12 月 12 日在《光明日报》发表文章，号召青年人培养浩然之气，排除外界影响，"昂昂然做一个顶天立地的大丈夫"。丘先生还引用韩愈《答李翊书》里的话"非三代两汉之书不敢观，非圣人之志不敢存"，勉励青年人胸怀大志。当代杰出的书画家、文化学者范曾先生也是如此。他特别欣赏苏东坡的"一点浩然气，千里快哉风"，鼓励青年人要做"大丈夫"，要有大丈夫精神：为天地立心，为生民立命，为往圣继绝学，为万世开太平。尤其当下，中国已驶入任何人都无法绕过的进一步改革的"深水区"——一个何去何从的大时代已经降临，我们再不能心安理得地蜷缩在庸俗矫情的"小时代"和历史空洞化的"幻城"之中。一定要回归阅读和内心视像，以浩然之气，以大丈夫精神迎接大时代的到来。

（2012.5.5）

中国何必在舌尖

我虽不看电视，但也晓得央视纪录片《舌尖上的中国》当下搅得举国谈舌尖——我仿佛看见13亿人正飞快掀动着13亿枚鲜红亮丽的舌尖大谈舌尖。刹那间我甚至产生一种恐慌感，觉得自己正在被无数舌尖包围和淹没……常言道哪壶不开提哪壶，还没等我回过神来，忽然接得媒体电话，一位漂亮的女编辑轻摇舌尖，要我以"舌尖上的……"为主题写篇文章。我郑重地谢绝："我是舌尖反对派，写出来岂不扫人雅兴？何况所有市民正在舌头尖上……"

是的，我是舌尖反对派。之所以反对，是源于我根深蒂固的美食偏见或饮食观念——如果不能称之为信念、理念——我认为国人自古以来就对吃太看重了、太执着了。诸如"民以食为天""食不厌精""食色性也"等说法简直数不胜数。总之在"吃"字上面投入的精力和时间过多，远远超出维持自身生命的需要。值得吗？

说句未必纯属笑话的话吧，中国人之所以总是眼巴巴看着别人一个又一个捧走诺贝尔奖，原因除了以前我说过的学英语耗掉过多脑细胞之外，此刻我还想加上两条：机心、吃心。国人机心太重，几乎个个老谋深算以至老奸巨猾。官场、职场自不用说，甚至学府之人亦城府极深。如果说西方人富于野心，总想称王称霸；日本人富于匠心，多有能工巧匠，那么国人则富于机心，为此活得焦头烂额纠结万分，哪有多少心机干正经事？此外就是舌尖过于敏感，吃心太重。除了机心就是吃心。说白了，除了钩心斗角就是挑肥拣瘦。众所周知，西餐就那么几个菜式，往往一个汉堡包就把肚皮打发了；至于"日本料理"，常规性的也不外乎那么几样，即使市县长官或企业老总，中午也常常吃完酸梅干盒饭就一抹嘴干活去了。餐馆菜单也足够简单且长年不变。哪里像吾国这边不断花样翻新，一个星期不去就莫名其妙了。说得夸张些，看菜谱不亚于看学术专著，边看边猜，边猜边看，光点菜就耗掉半个小时，整个吃完不耗掉小半天或小半夜才怪。啧啧！

所谓"舌尖上的中国"，换成鲁迅先生的说法：中国不过是一个巨大的厨房。若让我"翻译"一下，中国是个超大的饭局。无论达官贵人还是警察老板抑或学者教授，无不是这个厨房这个大饭局的食客。既是饭局，那么必有局外工夫——

心尖与舌尖的完美结合,机心与吃心的高度和谐!于是乎,官员忘了公务,警察不抓小偷,学者无暇著书。恕我偏激,当下中国社会种种弊端,舌尖难辞其咎——都是舌尖惹的祸!

也许你说文化名人中不是也是有看重舌尖感受的吗?如梁实秋、汪曾祺、王世襄等人都好像专门写过谈吃的文章。但相比之下,对吃不那么津津乐道的人绝对是大多数。鲁迅连喝咖啡的时间都用来写作了。胡适为人相对随和,时而出席饭局。可你知道他当时是怎样的心情吗?一次他在日记中写道:席上一班都是俗不可耐的人。吃了饭,他们便大赌,推三百元的牌九。一刻钟之内,输赢几百。……和一班人作无谓的应酬,远不如听两个妓女唱小调子。无须说,较之舌尖感受,适之先生看重的更是耳膜感受,哪怕震动耳膜的是妓女小调也不至于"俗不可耐"。孔老夫子虽大约是"食不厌精脍不厌细"的首倡者,但显然也更欣赏作用于耳膜的音乐,在齐国听了《韶》乐,"三月不知肉味"。对弟子颜回的箪食瓢饮也极为欣赏。并且断然表示:"饭疏食饮水,曲肱而枕之,乐亦在其中矣。不义而富且贵,于我如浮云。"而如今饭局上的衮衮诸公,"义而富且贵"者能有几何?

其实,纵使对健康来说,舌尖太挑剔也没什么益处。朱镕基总理就很赞同台湾王永庆的养生之道:吃得简单,越复杂越活不长。"王永庆从不吃山珍海味,而是以小菜为主,有时候吃一个鱼头，几片藕，一碗稀饭。"结果，同是巨富，王永庆仙风道骨，自有一种清癯、清虚、清高之美。而大陆巨富哪个不油光满面肥头大耳？

当然，我不反对美食本身，更不反对富有人文情趣的美食以及民间美食。我只是不赞成过度追求舌尖感受以及由此衍生的种种社会弊端。为今之计，敝人斗胆建议，较之"舌尖上的中国"，莫如来个"笔尖上的中国"——人人妙笔生花，"指点江山，激扬文字，粪土当年万户侯"；或者来个"脑尖上的中国"——削尖脑袋钻进诺贝尔奖获得者行列。果真如此，何其快哉！没准全国人民为之"三月不知肉味"！

一句话，中国何必在舌尖？

（2012.6.29）

有钱人"比较研究"

　　有钱肯定是一件好事。而我们中国人开始有钱了。二〇一一年经济总量即已接近七万亿美元,成为仅次于美国的世界第二大经济体。外汇储备逾三万亿,居世界第一。对全球经济增长贡献率达百分之二十五。人均 GDP 也已超过五千美元,京沪穗等大城市则已轻松过万。数字或许抽象,但具象也无所不在。满城满街的小汽车、满桌满席的大小餐馆无不活生生地告诉你:国人阔了,有钱了。

　　有钱这件好事的好处之一,在于可以有闲工夫创造文化捣鼓艺术。这个道理太简单了,一个饿肚子的人肯定先忙着找东西吃。比如村上春树。村上在其处女作《且听风吟》一开始就强调了这个简单的道理:如果你志在追求艺术追求文学,那么去读一读希腊人写的东西好了。因为要诞生真正的艺术,奴隶制度是必不可少的。而古希腊人便是这样——奴隶们耕种、烧饭、划船,而市民们则在地中海的阳光下陶醉于吟诗作赋,埋头于数学解析之中,所谓艺术便是这么一种玩意儿。而村上之所以觉得《且听风吟》初稿写得不够艺术,以致把写完的二百页索性撕掉扔了,一个原因就是他是"半夜三点在悄无声息的厨房里寻找电冰箱里的食品的人"。自不待言,而若电冰箱里空空如也,没有食品可找,那么他连初稿也写不出来。

也不单希腊人不光村上,中国人也是这样。例如李白、杜甫。"亲朋无一字,老病有孤舟",杜甫理应是相当穷的。但最近有人考证,说杜甫其实也不特穷,即使最穷的时候也在成都风景优美的郊外有草堂数间,前后都有不小的园子。相比之下,李白更穷。依我看,李白恐怕也谈不上有多穷。李白二十五岁即"仗剑去国,辞亲远游",仅庐山就登了五次。虽然可以肯定那时登庐山没有门票之说,但吃喝住总是要花钱的。倘若杜甫、李白半夜三更在悄无声息的草堂或庐山客栈里左找右找找不到食品,那么,无论如何也没闲心吟咏"两个黄鹂鸣翠柳,一行白鹭上青天",吟咏"日照香炉生紫烟,遥看瀑布挂前川"。你看,诗的表情是何等恬然自得乐不可支!倘若没有钱,两人早去"耕种、烧饭、划船"去了。一句话,没钱玩不了文学艺术,有钱绝非坏事。

说起来,中国的文学艺术以至传统文化,其创造主体主要是两部分人:有钱的和当官的。也可以说是一部分人:有钱兼当官的读书人,即"士大夫"。即使李白杜甫,也曾为翰林院供奉或在工部任职。人民群众固然创造历史,但至少历史中的文化史,我想主要是由士大夫创造的。换言之,中国传统文化乃士大夫文化。如果这类古代的"市民们"不在东亚的阳光下"陶醉于吟诗作赋,埋头于数学解析之中",我们的文化史可能是零。所以,有钱的和当官的,过去不但受人羡慕,受人尊敬也不在少数。

那么现在呢? 有钱人和官员们,羡慕或许还受人羡慕,但十有八九不受人尊敬了。部分官员已被说得体无完肤,姑且笔下留情,这里只说有钱人。如今不少有钱人为人侧目,原因之一,就在于他们既"不陶醉于吟诗作赋",又不"埋头于数学解析"。一句话,不再创造文化捣鼓艺术了。甚至,开始破坏文化了。举个例子吧,前不久一家极有钱的国企居然把创造文化的一代名人梁思成林徽因的故居一拆了之。媒体问及,还狡辩说什么保护性拆除什么拆的不是梁林故居。后来文物管理部门令其恢复原貌罚款五十万元。一位有同学在那里工作的网友透露说,因为有钱之故,那家国企根本没人当一回事。唉,有钱人竟沦落到了无耻的地步!

还有的有钱人在自然景区甚至人文景区建别墅,办会所,修高尔夫球场。甚至有人把会所弄进了故宫。至于陶醉于花天酒地衣香鬓影，埋头于麻将解析后庭笙歌之流，更是不知凡几。流风所及，殃及子孙，以致许多"富二代"和"官二代"一样，成了社会舞台上的小丑或暴徒的代称，成了文化的终结者、毁坏者！

村上春树也不喜欢有钱人。他在开头提到的《且听风吟》中借名叫鼠的出场人物之口写道：什么有钱人，统统是王八蛋、壁虱！那些家伙一无所能，看见财大气粗神气活现的家伙，我简直想吐！此君为什么如此厌恶有钱人呢？"说白啦，因为有钱人什么也不想。要是没有手电筒和尺子，连自己的屁股都搔不成。"

如此看来，"鼠"那般让人厌恶的有钱人其实还是蛮可爱的。一些有钱人可是无所不想，屁股是否自己搔自是不知，至少脚是不自己洗了，那倒不是因为"没有手电筒和尺子"。王八蛋、壁虱！

（2012.4.22）

数量关乎尊严

退休年龄近来成了一个话题,官方举办论坛,民间街谈巷议,媒体沸反盈天。与此相关,计划生育政策也被重新提起。有专家建议放开第二胎,即一对夫妻两个小孩。作为理由,一是担心老人太多而供养老人的年轻人太少;二是预测2030年劳动力缺口达百分之三十。

人所共知,五十年代马寅初曾担心中国人口太多,提出"新人口论"。历史证明马先生的担心是对的。时过境迁,现在开始有人担心将来人口太少。至于担心对与不对,历史尚未证明,我又不是人口学专家,自然不敢妄议。但以直觉言之,无论如何都觉不出人口少和可能少。

作为现实,软硬兼施三十多年,我们才勉强把占据地球总人口的中国人比例从四分之一压缩到五分之一。而五分之一也绝不算少啊!须知,五分之一在中国版图上就是百分之百。

举国四顾，大中小城市，哪一座不人满为患车满为患楼满为患？美国版图和中国大小相若而宜居之地比中国大得多，人口却不及吾国五分之一，可也没听说美国劳动力有哪家子缺口。相反，居高不下的失业率几乎始终让历届美国总统头痛不已。不仅美国，欧洲各国也好像大多如此。以我笨想，吾国人口2030年也绝不可能低于十亿，年轻人再少也少不过现今美国男女老少之总和，劳动力怎么可能活活缺口百分之三十呢？何况，科技越发展用人越少是明摆着的事实。

退一步说，缺口就缺口嘛，缺口总比失业好！若像眼下这样不少大学生毕业即失业，那可不是老人没人养的问题，而是老养少以至老少皆无人养的问题。况且，数量关乎尊严。近几年之所以普通劳动力工资长了待遇好了，最根本的原因就是数量相对少了。若仍像二十世纪八九十年代那样农民工蜂拥而入，老板们不依旧压低工资吃五喝六才怪，农民工哪有尊严可言！

何止农民工，教授们也不例外。八十年代教授凤毛麟角，正可谓须仰视才见。敝人在广州破格提了个副教授，名字都上了当地一家大报的头版。而今漫说副教授，即使破格的正教授怕也上不了头版，除非某正教授头上破格生出一支角或脑门破格多了一只眼睛。是因为教授含金量大幅缩水了吗？未必。盖因数量多了。博士也难逃此厄运。以前外出开会，接得名片若标以博士二字,我真要仔细端详此君头上是否生出一支角或和我同样两只眼;而今一转身就接得一摞子博士名片,遂草草揣进衣袋了事。有的场合,除了我,全是博士。甚至,除了我,全是博导——连我的同学的学生即我的学生辈都是博导了。说实话,起初我确实有点不自在,后来渐渐安之若素了——教授、博士、博导头上的光环已然消失殆尽。无他,皆因数量太多之故。所以说数量关乎尊严,数量决定尊严,数量即尊严。换言之,物以稀为贵,人以少为尊。

这就是说,即使为了尊严,放开二胎也应缓行。再说许多地方实际上已经放开了。不说别的,我教的"80后""90后"大学生们研究生们——尤其来自山东河南乡镇县的——很少有独生子女,有两个弟妹的都不足为奇。再举一个难以置信而最近就在我身边的实例。暑假回乡,附近有户人家,年纪不很大的夫妇竟有五个子女。十六岁的大男孩小学毕业已外出打工,以下四个分别为十四岁(小六,男)、十二岁(小四,女)、十岁(小二,男)、六岁(女)。基本教养也还是有的,下面三四个来我"别墅"玩时倒也守规矩。三句不离本行,几天后我便问起上学的两三个暑假作业做完没有,劝他们多看书,并拿出自己翻译的适合小学三四五年级阅读的"活宝三人组"系列给他们看。他们也并非不看。但看得出,较之书橱里的书,显然更对餐橱里的食物更感兴趣(恕我揭短)。一次小四女孩告诉我,打工的父母正指望她和两个哥哥将来打工帮助家里呢! 问乡下的弟弟,弟弟说一家五个虽不多见,但两三个的满地都是。

这就是我在课堂和乡下接触到的生育实况。实况已基本突破一对夫妻一个小孩的既定国策,而若正式从政策上放开,那么情况会如何呢? 在此郑重建议: 放开二胎应该缓行。事关总体就业形势,事关个体生命尊严,可不慎乎? 恕我重复,数量关乎尊严! 时至今日,较之人口红利,更应关心人口尊严。不是吗?

（2012.7.25）

农村：拒绝儿子

人在乡下。每次散步路过一座农家院时我都放慢脚步。一年前的情景随之浮上脑际。是的，恰好一年前暑假的一个傍晚，这座农家院大门旁贴的一张B4纸吸引了我的目光：现房出售，价格面议。好新好漂亮的房子！白瓷砖贴面，黄琉璃瓦，塑钢窗，清爽明净，灿然生辉。房前屋后一片葱茏，简直绿得呛人。尤其屋后山坡那三五棵老柞木，此刻满树夕阳，浓荫泼墨，极具油画风情。出售？我有些动心——半是贪心，半是好奇心——略一迟疑，推开院门进去。一位四五十岁的红脸膛妇女撩开珠串门帘从里面走出。乡下不讲那么多虚礼，我劈头一句：卖房子？"这房子我真不想卖啊！"女房主十分朴实直率，一见如故地向我诉起苦来。她说房子是三年前新盖的，花了两口子大半生的积蓄。本来是给儿子娶媳妇盖的。可儿子去长春打工后找的女朋友横竖不喜欢。跟儿子摊牌说,回来住这房子就"拜拜",不"拜拜"就在长春买商品楼。于是儿子央求父母。父母再无积蓄,只好卖房子。"不卖咋办呢?一坰地,去了成本一年就剩一万。他爸爸外出打零工,我给冷库剥青玉米,剥一穗三分钱,一百穗三块,一千穗三十块,起早贪黑剥一天才挣一百多一点点。什么时候能剥出首付啊?再说也就剥一两个月。你看我这胳膊肿的!今天实在太痛才歇半天。"说着,女房东伸过胳膊给我看。我问卖了房子你们两口子怎么办呢?"那能咋办?或者在附近买个小房,或者去县城给亲戚开的小店帮忙,还没想好……"我问多少钱。"八万。"城里人就是狡猾,我说八万可够贵的啊!"还贵?你看咱这房!"女房东把我让到屋里。三大间,除了不是木地板,装修比我的青岛住所漂亮得多。中间堂屋,两侧卧室。米黄色大块地砖,地暖。地暖!厨房也和城里别无二致。"你说这房子我怎么舍得卖哟?要不是为了这小死鬼儿子,给多少钱我都不卖!"

房子我当然没买,但房子和房子的故事留在了我心里。今年暑假回来路过,自然放慢脚步往里多看了几眼。但看多少眼都没看到去年女房东的身影。后来听人说,房子到底卖了,卖给了城里一对退休的老夫妇。再后来路过,果然有一位老者在院里散步。那位女房东去哪里了呢?心里不觉有几分怅然。

这么着，前几天跟乡下的大弟闲聊时我提起这件事。大弟听了丝毫不以为然。这算什么呢，这算不得什么，大弟说，农村哪家不这样！给儿子盖房七八万，娶媳妇七八万，这两件事没十五万下不来，再少也得十万！在咱这山里，那户人家有一垧地算例外了，一般只有三四亩地，不吃不喝一年只剩几千块，什么时候能凑够十万十五万？现在又升级了，要去城里买房……养儿子简直是一场灾难！以前偷偷摸摸生儿子，现在给指标生都没人要，不敢要！谁敢要？除非大老板！

农村拒绝儿子！我不由感到庆幸：如此下去，男女比例失调不难修正。同时感到悲哀：当儿子怎么可以这样？孝心哪里去了？儿子猛如虎也！

但在当地，这远远不是最严重的。我当年务农时的一个熟人在小镇一家老年公寓打工，告诉我一对老夫妇有九个儿子，九个儿子如今都混得人模狗样的，但就是不肯把父母送来老年公寓或给生活费，任凭白发苍苍的父母弯腰九十度——差不多头碰脚——到处捡破烂，有一次捡到儿子大吃大喝的饭店门口，而儿子看都不看一眼。你能相信？

这让我想起一个多月前一位农民作家对我说的一件事。他说他所在的村庄有对父母有六个子女，而六个子女谁也不养老人，最后两位老人熬一锅农药粥喝了，双双自尽。他补充说不孝之事十分普遍，而更可怕的是大家习以为常，无人指责。我说当地政府、村党支部干什么吃的？为什么不上门做思想工作或绳之以法？"林老师，你太单纯了，他们能干这个？何况他们自己做得怎么样都要打个问号。"

不言而喻，孝德是所有美好德行的基础。古人云"万恶淫为首，百善孝为先"。前一句自然过时了，后一句没有过时却被抛弃了。我以为，近半个多世纪以来孝德的流失不妨说是最可怕也最可悲的流失，因为那是基础人性的流失。说白了，有一部分人连人都不是了。即使在这个意义上，我也支持新一代家乡人的做法：拒绝儿子，拒绝可能不是人的儿子！

（2011.8.20）

车: 买还是不买, 这是个问题

　　这年月, 本应与流行保持距离的大学也每每流行什么。前些年流行并校、流行扩招, 近几年流行教学评估、流行建新校区。敝人供职的大学也终于按捺不住, 建了更新的校区。于是我开始从新校区去新新校区上课, 坐校车去。车不等人, 人要等车。正在寒风中裹着风衣等校车, 一位同样等车的同事见了, 问我: "怎么还不买车? 何苦遭这个罪!" 我说人生不就是遭罪吗, 对方笑道 "经典!" 说起来, 半年来总有人问同样的话。套用沙翁那个经典句式, 车: 买还是不买, 这是个问题。而倒退二三十年, 则是, 饭: 吃还是没吃, 这是个问题。句式相同, 内容迥异。仅看这点, 也可看出中国阔了, 国人阔了。当然, 我也阔了。人一阔, 脸就变, 心就变。若是当年, 即使练习造句也造不出这样的句子。

　　我之所以在绝大多数同事都已买车的情况下仍迟迟不

买,当然不是因为我喜欢寒风,也不是因为买不起。若是"悍马""宝马"或"玛莎拉蒂",自是买不起,而若换上"夏利""奇瑞"之类,没准口袋里的现钞都绰绰有余。

非我吹牛,二十多年前我就跟"玛莎拉蒂"打过交道。翻译村上君的《舞!舞!舞!》,里面的电影明星五反田君开的就是这家伙。这家伙可把我害苦了。日语写作"マセラティ",查遍大小厚薄所有辞典都查不出,只好硬着头皮音译为"马赛拉蒂"。所幸彼时我不懂别人也未必懂——彼时最"牛"的人也不过骑着五十铃摩托提着名叫"大哥大"的砖块大的手机——这么着,都给"林家铺子"制造的"马赛拉蒂"忽悠住了。多年后才由见过大世面的大上海责任编辑改为"玛莎拉蒂",并且加了底注:"Maserati,一种高级跑车,由意大利菲亚特汽车集团旗下的法拉利公司生产。"自那以来,每次上街我就留意寻找"Maserati",可惜一辆也没见到。这意味着,恐怕还没有哪位同胞阔到五反田那个程度。那小子是真阔,连泡妞都从"经费"里报销,最后索性把"玛莎拉蒂"一头开进东京湾同归于尽。不用说,之于他,活还是死,这才是个问题。十足的后现代悲剧。当然不能怪"玛莎拉蒂"——用村上的话说,"玛莎拉蒂"像大马哈鱼一样乖觉。

话说回来,我所以不买车,首先是因为我觉得坐校车更好。你想,从我住的新校区到新新校区不过二十分钟左右路程，一半靠海边行驶，一半从高尔夫球场经过。春天薄雾轻笼莺飞草长，夏日碧波荡漾浓荫蔽地，秋季海阔天空满目金黄。高高坐在班车上，悠悠从车窗望去，但觉心旷神怡，其喜洋洋者矣。自己开车哪能有这份闲情逸致呢？忽儿踩闸忽儿换挡忽儿按喇叭，再是全自动，方向盘也要自己把着，红绿灯也要自己盯着。况且不敢喝酒，啤酒都休想！

问题还不止于此。我想起了我的两位朋友。一位是日本朋友。十几年前我在长崎一所大学任教期间，学校派我去一所高专兼职，每周两次，每次都搭这位日本朋友的车。他不到四十岁，却不时在车上拍腿。问之，答曰开车开的，"有了车，人就不想走路，几步路都不想走。腿本来是用来走路的，老不走路，必出问题。这不，又软又酸又痛……"实际上他走路的姿势也不够自然，车倒开得自然得多，简直就像他身体的一个器官。另一位是青岛朋友，原本有车，后来卖了，"车万万开不得的，那么小的空间，空气绝对不好，神经绝对紧张，对健康绝对不利！"他走路上下班，来回一个多小时。五十多岁了，可脸色比新车还光鲜，身体比马哈鱼还灵活。

不买车的另一个原因，是因为开车不利于环保不利于"低碳"不利于"乐活"（LOHAS）。甭说像美国人那样人均2.5辆，即使一人一辆也不得了。十三亿人，十三亿辆——九百六十万平方公里忽一下子黑压压爬满"甲壳虫"，那是何等令人绝望的场景啊！即使眼下,治堵都成了堵在国人心头的一块病,各种治堵方案纷纷出笼,可效果呢？拥堵,中国才刚刚开始。依我之见,与其扬汤止沸,莫若釜底抽薪——索性不再卖车不再买车,全力发展地铁、大巴中巴等公共交通工具。依靠小汽车来拉动消费和内需,纯属饮鸩止渴!

可话又说回来,在寒风中等校车也的确不是个滋味。

车:买还是不买,仍是个问题。

（2011.1.17）

"少不入川……"

　　成都一所极够档次的大学打来电话,邀我前去讲学。我略一迟疑,对方当即补充说"成都桃花开了"! 桃花? 讲不讲学另当别论,就凭桃花也值得跑一趟,何况还有武侯祠和杜甫草堂。

　　桃花城里无多,先看两处古迹。武侯祠,三国圣地,"丞相祠堂何处寻,锦官城外柏森森";杜甫草堂,文学圣地,"万里桥西一草堂,百花潭水即沧浪"。可见当时俱是在城外的。而现在显然位于城里,搭出租车不出二十分钟即告到了。仅仅看完这两处,我就得以确认成都是全中国最幸运的城市。武侯祠诸葛孔明,无疑是政治家的楷模,他的鞠躬尽瘁勤政爱民,足以使当代许多自称人民公仆的政治家汗流浃背;杜甫草堂杜工部,堪称知识分子的楷模,他的穷且益坚忧国忧民,足以让我等当代大部分知识分子自惭形秽。而这两位民族先贤最主要的纪念建筑都在成都，就在成都！在他们面前，我不能不反省自己的精神格局，不能不审视自己生命的维度和高度，甚至感到自己灵魂的卑微。在这个意义上，我的确羡慕成都人，至少他们比我多得一次拯救。自草堂折回武侯祠，已是日落时分，祠内人影寥寥。往来徘徊，但见古柏森森，殿宇巍巍，但觉塑像凛凛，晚风瑟瑟。隔叶黄鹂未闻，映阶碧草隐现。抚今追昔，心潮起伏，久久不忍离去。

岂料，从武侯祠出来，仅一墙之隔，便是成都当今有名的休闲景区“锦里”。清一色仿古建筑，青砖灰瓦，雕梁画栋，曲径回廊，宫灯高悬。酒肆茶楼，栉比鳞次，红男绿女，往来如织。比之武侯祠，俨然另一世界。刚才高扬的神经顿时松弛下来。转了几圈，出来时已是夜间十点，而仍有人蜂拥而入。谈笑风生，几乎全操本地口音。问出租车司机，答曰要到下半夜三点方能歇息。“少不入川啊！”他淡淡一笑，即好像有几分无奈，又似乎带几分自豪。难怪这里一位老师告诉我：成都一位女生和一位从青岛来成都读大学的男生谈恋爱，暑假跟他去青岛，只住两三天就住不下去了，抱怨青岛太冷清，没好吃的，没好看的，没好玩的，大海老看有啥子好看的哟！一来二去，青岛男孩毕业也不愿回青岛了。“喏，少不入川啊！”我心中暗想，同是山东人，当年诸葛亮入川是为了北定中原兴复汉室，而这小子连一个成都女孩都“征服”不了。

翌日驱车一小时去郊外看桃花，领略"农家乐"。作为男人，路上难免想入非非，在脑海中反复勾勒"去年今日此门中，人面桃花相映红"的诱人场景。是啊，村庄、柴门、村姑、桃花、经典的乡间风光；秀才艳遇。到了！到了？本想弃车步行，却见一条水泥路直插进去；村庄也很难说是村庄了，到处是不伦不类的水泥建筑；柴门成了铁门，村姑成了壮汉——一位四十几岁的男子从公路旁把我们的车领来这里。他在前面骑摩托带路，摩托后座插着两三枝桃花，说不清是滑稽还是浪漫。

　　好在桃花没有异化，没有忽一下子变成塑料花铝合金花什么的。铁门一侧矮些的平地上，二三十株桃树如彩霞一般铺展开来。少数含苞欲放，大部分已经绽开粉红色的五枚花瓣。轻盈、娇嫩、怯生生的，甚至有些虚幻，令人不敢久看，生怕倏然消失不见。最有情调的当是同邻院桃园之间的竹篱小径。虽长不过二十米，但因有两侧桃花遮掩，颇有几分深邃感。踱步其间，不由得想起"在那桃花盛开的地方"。不仅桃花盛开，桃花下还一丛丛开着金灿灿的油菜花，油菜花下一簇簇开着蓝莹莹的太阳花，太阳花下开着一朵朵黄嫩嫩的苦菜花。高低错落，层次分明，十足的"农家乐"。可惜没有蜜蜂，没有蜜蜂的嗡嗡声。

　　是的，是没有蜜蜂的嗡嗡声，汽车的马达声和喇叭声倒是不小。我走出小径,穿过一片菜圃,爬上水泥坡路四下望去。这时才完全看清楚,桃花树下的餐桌比桃花树本身还多。几乎每张餐桌都坐满了游客。而坡下仍有无数小汽车不断涌来。今天分明是星期三,游客又多是年轻人和中年人。我感到奇怪,成都怎么会有这么多闲人——该上学的不上学,该上班的不上班,这算怎么一码子事呢?问之,一起来的成都同行告曰:"成都是休闲城市。少不入川嘛!"我笑道,幸亏我老了。对方立马提醒:"下一句是'老不出蜀'。你就别回去了,聘你当客座教授如何?"

(2011.4.6)

"甄嬛体"和"杜甫很忙"

前段时间,浙江大学法学院一位北大博士出身的副教授在该院毕业典礼上发表了所谓甄嬛体演讲,开口"朕"如何,闭口"众爱卿"。传到网上,一时沸沸扬扬。

记得北大中文系陈平原教授说过:"人世间一切场所,唯有大学最适合于做梦,写诗,拒绝世俗以及容纳异端。如果连大学校园里都'一切正常',没有特立独行与异想天开,绝非人类的福音。"一言以蔽之,大学最看重多元性和包容性。在这个意义上,甄嬛体也罢"玉环体"也罢,作为一种个性一种风格,都应允许其存在,也自有其存在的理由。"嬉笑怒骂皆成文章"——就正能量而言,它对某种"体制性合谋话语"或以政治正确为圭臬的官腔说教式文体未尝不是一种揶揄和挑战。

与此同时,其"负能量"也是显而易见的,不宜效仿和提倡。这是因为,在日趋戏谑化、娱乐化或媚俗搞笑的世风中,大学更有责任呵护和坚守高雅、厚重、严肃的文化家园。倘若大学也随波逐流,那么我们的社会、我们的民族将走向何处呢?再说,我们的大学随波逐流还不够吗?如去年四川大学某副研究员和浙江大学某副教授因论著涉嫌抄袭而被开除教职,甚至堂堂中科院院士、武汉理工大学校长,其论文也有剽窃之嫌。依我愚见,个中原因或可归结为一点:不严肃。要知道,这种不严肃并非幽默,而是儿戏。之于他们,一切形同儿戏。毋庸讳言,作为大学整体也在某种程度上失去严肃性,如早已不成为新闻的教授竞聘处长,如对官员"读博"网开一面,如为应付评估检查而动员师生弄虚作假。

说起来,致使"杜甫很忙"恶搞图片在网上疯狂流传的主力军,也并非社会流散青年,而是在校大学生。这也从另一角度说明大学教育、大学文化开始失去应有的严肃性。李白被恶搞过,说他是到处招摇撞骗的"小混混儿";《西游记》被恶搞过,从石头里蹦出来的孙猴子有了漂亮的女朋友,"五世元阳未泄"的唐三藏有了一夜情;《三国演义》被恶搞过,千里赶马车的关云长同兄长刘备的小妾也险些有了"一夜情"。如今又搞到忧国忧民的诗圣杜甫头上。杜甫诞辰一千三百年的二月十二日举行的严肃纪念活动没引起多大反响,而双耳插着 MP3 或 iPhone 什么破玩意儿的"杜甫很忙"却风靡大江南北。试问,假如我们的大学生、我们的大学老师只能以"杜甫很忙",只能以"甄嬛体"等搞笑这一形式取悦于人,取悦于社会,那么肩负经典传承和文化强国重任的大学还能成其为大学吗?

（2012.7.26）

候机大厅里的讲演

如今很多人出门都坐飞机,我也坐。坐飞机必先候机,在候机大厅候机。大厅宽敞明亮,俨然恒温条件下的小天安门广场。男士大多衣冠楚楚,女子间或长裙飘飘。适度的香水味儿,不算嘈杂的语声。航班倘不延误,倒也不无快意。等就等一会儿吧,等候也是我们人生旅程少不得的节目。吃饭要等,幽会要等,婚宴要等,升迁要等,退休金要等,甚至上卫生间也要等。等等飞机又有什么不可以呢?看看书,发发呆,望望天穹般的天花板,或猜猜对面男女的相爱性质,半小时一忽儿过去。不管怎么说,飞向远方总是让人欢喜的事。

只是,每次路过或进入候机大厅的书店,那里都正有一位中年男士讲演,在店门正中的电脑显示屏上讲演。眉飞色舞,滔滔不绝,手势果断,慷慨激昂。或许因为我是"文革"过来之人,其情其景,不由得让我想起当时苏联老电影列宁挥手号召民众拿起武器起义的讲演镜头，遂驻步视听片刻。讲演者十分激动，比十月革命风暴中的列宁同志还激动。革命已然成功，何必这么激动呢？这家伙想干什么？我条件反射地提高革命警惕，赶紧侧耳细听。原来他是在百般诱导企业员工如何施展手段讨好老板，挤压同事，尽快爬上去挣更多的钞票——若是这等道理和做法，好好说就行了嘛，何须那么激动那么声嘶力竭？你又不是列宁要鼓动工人推翻老板！端的匪夷所思。我也偶尔讲演，深知讲演要把握好节奏，不宜激动到底，声嘶力竭更是要不得的，把前排吹弹可破的漂亮女生吓哭了怎么办？

断断续续几次听下来，我意识到显示屏演讲者的问题主要还不在于讲演方式，讲演内容更成问题：他在鼓吹狼哲学！鼓吹弱肉强食的丛林法则！提倡竞争诚然值得肯定，问题在于靠什么竞争，靠德行、人品还是心术、手腕？要知道，一个在普通岗位上兢兢业业、诚实本分、富有爱心的普通员工也是为企业需要并且值得尊敬的人。何况客观上绝大多数人都是普通人，肯定普通人或平凡之人的价值和肯定精英——正道直行的精英——的价值同样重要。怎么可以唆使大家非踩着别人的肩膀爬上去不可呢？这个社会"狼"还不够多吗？

说来也怪，无论北京南京还是杭州广州，大凡我去过的机场都必有那位讲演者等我，百分之百，比伏击战还准。一次我实在忍无可忍了,指着显示屏问书店女孩:此人是谁? 为什么全国所有机场书店都放此人图像? 是不是统统被他买通了? 女孩始而一愣,继而换上尴尬的笑容:"企业培训都用他的演讲啊!" 喏,问题岂不愈发严重?

(2012.6.18)

———

美女有树好看吗?

　　也是因为在书房里闷得太久了,日前上街横穿市区,发现两旁街树明显增多——果然新栽了不少树。树们绝大多数都已在四条支棍的扶持下绿枝摇曳,至少挑起了不算少的绿叶,一副蓄势待发的派头,看起来赏心悦目。初夏! 初夏的绿荫,深秋的红叶,隆冬的雪挂,"千树万树梨花开"……树多就是好!

　　前段时间网上围绕栽树对本市代理市长议论颇多,"栽树市长"之称不胫而走。其时我正抓耳挠腮在讲稿上"栽字",无暇顾及栽树风波,至今仍对其来龙去脉不清不楚,不敢妄加评论。但仅就栽树本身而言,或许我是山民出身而自小栽树爱树的关系,倒是让我喜不自胜。树多总比楼多车多人多好得多。甚至异想天开,既然农村"退耕还林",那么城市来个"拆楼栽树"如何? 不仅如此,对密植亦无异议——方丈之内可得幽邃之趣,有何不好? 小时上山砍柴就喜欢去树密的地方。树密,枝密,自然柴多。不过说老实话,那时可是不懂什么幽邃之趣的,母亲在灶旁等柴煮苞米碴子粥呢,活命比幽邃要紧。

话说回来。也巧,端午三天去了离青岛不远的潍坊小住,而本市"栽树市长"就是前任潍坊市市长。我在出租车上感叹潍坊树多,司机笑道:这还真得感谢"栽树市长",起码我这个纳税人有树看了——看树总比看别的什么好吧? 是不? 我连连称是。我也极喜欢看树,即使有玉树临风的美女,我也还是看树。美女有树好看吗?

看街树意犹未尽,遂去城外看植物园和白浪河湿地公园的树。树栽的可真是多,品种也多。山坡、河边、湖畔、路旁,见缝插针,无处不树。垂柳摇曳生姿,白杨直冲霄汉,合欢婆娑起舞,梧桐恣意舒张。漫步竹园的竹篱小径,脑海不由得浮现出王小波关于精神家园的经典表述:它在两道竹篱笆之中。篱笆上开满紫色的牵牛花。在每个花蕊上,都落了一只蓝蜻蜓。我很有些怀疑,小波生前是不是来过这里? 至少梦见过这里?

我早想好了,等到彻底退休那天,翌日我就跑回故乡承包一片朝阳的山坡。"栽树市长"此生此世是当不成了,但栽树还是可以栽的。我要在山坡栽满小时故乡老屋周围的杏树、李树、海棠树和山里红树。在树林的正中间建三间茅屋,院子里栽几棵不怕冻的山葡萄树,搭一个大大的葡萄架。黄昏时分搬一把藤椅歪在葡萄架下,泡一杯上好的崂山绿茶,摇着蒲扇看几缕夕晖慢慢抚摸、轻吻篱笆上正开的眉豆花和已合眼的牵牛花。及至入夜,在远远近近的蛙鸣声中看树的剪影能否剪落天幕上的星星……

（2012.7.2）

三个杯：四个人

古都南京。一所以研究通讯光缆闻名的大学找我来讲点什么。当然不是讲通讯光缆，而是讲讲文学。或许在研究通讯光缆的他们眼里，文学也是通讯光缆——传递心灵信息的光缆，而我就是这条光缆架设工程的打工者。不管怎样，这年头难得有人对文学投以青睐，于是我兴冲冲乐颠颠地跑来了。

见棱见线的明城墙，碧波荡漾的玄武湖。钟山巍巍，长江滚滚，层林尽染，百舸争流。尤其高大的法国梧桐，正在秋风中抖动着无数金黄色的硕大叶片，把大街小巷带入满城尽带黄金甲的神奇佳境。而当鸟儿掠过枝头之际，又生出落叶与孤鸟齐飞的诗情画意。置身其间，我的心情好极了，一时宠辱皆忘，物我两空，其喜洋洋者矣。

晚间演讲，六百座的校园"青春剧场"每个角落每条过道都绽开男生女生灿烂的笑脸。青春、活力、激情、笑语、掌声——恍惚把我从白天落叶飘零的秋冬间隙一下子拉进千娇百媚的春光正中。不错,这里最具冲击力和感染力的信息不是科技信息,而是文学信息、文化信息,因而也是心灵信息、灵魂信息。讲罢,照例是"互动"、签名、采访、合影……最让我难忘的,是特意从南京师大赶来的一位中文系女生送给我的一首诗:没有旗帜/没有金银彩绸/但全世界的帝王/也不会比你富有/你运载着一个天国/运载着花和梦的气球/所有纯美的童心/都是你的港口。你说,还有比这更让人快乐和幸福的吗?还有比这样的"港口"更惬意的场所吗?总之,我的心情简直好上天了,不知此地何地,不知今夕何夕!

然而,正如一位日本作家所说的,一连串好事后面必有一件糟糕事等着你。

翌日飘飘然喜滋滋去机场打道回府。三位学生记者一起钻进汽车采访。采访到机场仍一副意犹未尽的样子,加之时间还早,我就邀她们进机场酒吧坐坐。对方是女孩子,酒不合适,喝茶吧! 价格不是开玩笑,一壶还算便宜的普洱也标价220元RMB。茶很快端来,一把不锈钢高腰壶放在中间,而玻璃茶杯只摆三个。3个杯,4个人,一位最漂亮的女孩面前光秃秃一无所有,原来的笑容僵在脸上,看样子不知是该继续笑还是姑且收回。"还差一个杯啊,"我说,"怕是忙忘了吧?"女服务生轻柔而坚定地回答:"没忘。我们这里规定一壶茶上三个杯。如果加杯，就另外加钱。先生您要加吗？"我当然满脸不高兴："笑话！四个人三个杯怎么喝？这算哪家子规定？想钱想疯了？再说你为什么不早说？明明看见我们是四个人！"我越说越来气，忘了自己的教授身份，更忘了为人师表，露出当年山民兼"红卫兵"的本来面目，一把抓开领带，大声吼道："杯一定要加，钱一定不加！"也巧，一位领班模样的年纪稍大的女员工经过这里，悄声吩咐女服务生再拿一个杯来。

这么着，原本好上天的美好心情和几乎同样好上天地对南京的美好印象就像失手落地的玻璃茶杯一样，一下子打得粉碎。

3个杯：4个人，诸位之中可有哪位见过这等利令智昏的比例？

（2011.12.15）

足球与高俅

不知是国人忽一下子全球化了,还是我是个心胸狭隘的爱国者,反正有一件事我搞不明白:不明白何以有那么多国人喜欢足球世界杯?南非开普敦三十二路诸侯,压根儿没咱们什么事。远的如丹麦、加纳、科特迪瓦,近的如日本、朝鲜、大韩民国——东亚四国单单把中国晾在一边!想当年讨伐董卓十八路诸侯,刘关张哥仨儿还能捞个末座,而今末座也未捞上。既然未捞上,那么就好好躲一边去,或夜半咬着被角吞声哭泣,或悄悄养精蓄锐以待来时也就罢了,想不到居然全国人民热血沸腾,有的手持救心丹彻底夜不眠,有的挥舞啤酒瓶又蹦又跳,还有女孩大叫"马拉多纳,我爱死你了"!端的匪夷所思。

匪夷所思也得思,三思之下,思得三点:

其一,中国男人不行。无须说,以国别论,中国男人是世界上人数最多的男性群体。考虑到男女比例严重失调,中国男性肯定不少于七个亿,一亿里边哪怕蹦出一个马拉多纳——那可是100000000∶1哟——就是七个,何至于眼巴巴看着三十二路诸侯跃马扬刀呼啸而去,自己活活落得在后面吃土吃灰!那丹麦王国连出生三天的婴儿加起来也才五百多万(青岛都比这个多),五百万就挤进1/32!包括敞人在内,中国男儿都干什么去了,都是酒囊饭袋大白薯?再说,那东西不就是玩耍不就是"打架"吗?捞不到诺贝尔奖也就算了,毕竟那玩意儿需要多少年的智性积淀,而足球纯属四肢发达有劲儿没处使的产物——玩儿都玩不过人家?"打架"都打不过斯斯文文的弹丸小国斯洛文尼亚?平日扬手就给清洁工大妈一巴掌的那股虎劲儿这时候怎么不见了?听女同胞喊"马拉多纳我爱死你了"就能听得进去?别看我这把年纪,我都听不进去,简直是全体中华男儿的奇耻大辱!

其二,中国饮食文化不行。若是二十世纪吃"代食"和每月四两油那个混账年代倒也罢了,如今吃什么有什么,"补"什么有什么:燕窝、鱼翅、牛蛙、海参、鸭舌、鹅掌,以至猪鞭、狗鞭、羊鞭……其他国家出于习惯出于环保等原因不吃的东西统统给我们吃了个遍——那么好的东西都吃到哪里补到哪里了?喀麦隆、尼日利亚、乌拉圭有什么好吃的?依《挪威的森林》里的说法,乌拉圭遍地是臭驴粪,可人家的男人硬是横冲直撞虎虎生威。也许你说非洲、拉美、欧罗巴天生体质强健，个个如狼似虎，那么同属东亚的日本人和朝韩人呢？所以，我在此郑重提议，以后别吃那么多花样，放野生动物和小动物们一条生路，也放自己一条生路！足球场上逞能不行，做个环保主义者总可以吧？

其三，中国队管理不行。敝人也忙，看报纸一般来不及看体育版，尽管如此，我也知道国内联赛动不动就吹"黑哨"什么的——球不会踢也就是了，哨都不会吹？干吗非吹"黑哨"不可？看来，国足体力不行，智力倒绰绰有余，居然发明了"黑哨"。倘把老外统统"黑"了倒好，岂料"黑"的全是自家兄弟。"黑哨"不除，国足永远走不出黑暗！

说起来，并非国人一直这么没出息。世界足球起源地是中国，就在包括敝人所居青岛在内的齐国——临淄齐国故城，现正申报世界文化遗产。作为齐人之后，自然遥想当年的齐国——齐桓公九合诸侯，一匡天下，而为春秋五霸之首；齐威王重振雄风，一飞冲天，列战国七雄之冠。想不到两千二百年之后，齐人也好国人也好，居然被排斥在三十二数之外，屈居东亚之末，呜呼，夫复何言！

哪怕水浒高俅再世也好啊，"那高俅见气球来，也是一时的胆量，使个鸳鸯拐，踢还端王。……那身份模样，这气球一似鳔胶粘在身上的。"即使马拉多纳那厮，也好像不会"鸳鸯拐"也没把球踢得"一似鳔胶粘在身上的"嘛！高俅当太尉自是祸国殃民，而若去南非往来冲杀或当教练像当年在殿帅府升堂一般来一声"众将听令"，何愁国足不横扫六合称霸群雄！那样，我的本家林教头也不至于妻离子散风雪山神庙，吾国美女也不至于爱马拉多纳爱得要死，而当即改口叫道："高俅那厮，阿拉爱死你了！"

（2010.6.19）

公路收费站的微笑

谁都在乎别人的表情,尤其针对自己的表情。察言观色,此之谓也。五官之中,最能传达表情的,当属眼睛和嘴。盖因二者最能左右和制造表情。眼睛一瞪,一眯,一瞥,一斜,嘴巴一张、一噘、一咧、一撇,喜怒哀乐,尽出于此。不过,作为我,这方面从小就出了毛病——较之观察现实生活中的男女表情,更为留意书中出场人物的表情,即字里行间影印的音容笑貌。比如笑。小时候看曲波的《林海雪原》,最感兴趣的是女性反派人物"蝴蝶迷"的笑:笑起来满嘴是牙。而且牙不是当今电视上做牙膏广告的美女白牙,而是抽大烟熏黄的大板牙。我暗自思忖,笑起来这么丑的女人怎么会招蜂引蝶,从而成了"蝴蝶迷""万人迷"了呢?男人迷她什么呢?迷她"满脸是牙"?不说别的,接吻都成问题。幸亏是在书上,若是半夜起来开门撒尿,眼前忽然现出一张"满脸是牙"的脸,不把自己吓哭才怪。几十年前的事了。

及至当代文学作品中的笑，以我极有限的阅读范围而言，我以为王小波和日本村上春树笔下的最见个性。王小波："我笑起来是从左往右笑，好像大饭店门口的旋转门。"村上君是"笑得如同夏日傍晚树丛间泻下的最后一缕夕晖"。不过，若论对我的影响，应是王小波。每次进宾馆饭店以至政府机关的旋转门——旋转门果然都是从左往右转——我就不由得想起王小波的笑。我当然不笑。我敢保证，进旋转门没有人笑得出来——在那种旋转式移动的三角形半封闭空间里，正常人绝对笑不出来。

至于日常生活中饮食男女脸上活生生的笑即非文本的笑，我至今仍不太在乎。总的说来，我倾向于认为，别人对我笑也罢不笑也罢，大体是别人的事而不是我的事。毕竟我不是为了逗别人笑而出现在这个世界上的。当然，倘若全世界所有人都对我板起面孔，我恐怕也会产生一定程度的危机感，认真检查自己是否多长出一只三角眼什么的。好在那种异常状态暂且尚未发生。所以我仍一如既往，大体只关心文本中虚拟的笑。

不过，近两年有一种现实的笑引起了我的注意和好感。那当然不全是旋转门式的笑，而是公路收费站的笑，收费站漂亮女孩的笑。我自己没车，不直接同公路收费站打交道。但因外出摇唇鼓舌机会略有增多，每次都搭出租车赶去机场。去机场必经高速公路收费站，收费站必有漂亮女孩——绝无男士或不再适合以女孩称之的女性，尽管我觉得这项安排有失公允——女孩没等收费就报以微笑，收完费再次微笑，同时做出奥运会礼仪小姐的手势示意通行。固然是职业性以至商业性微笑，但笑得甚为自然和好看，不是"见钱眼开"，也不是因上级有令而不得不笑所以才笑。我从后排座看了，有好几次脑际倏然浮起村上那句"笑得如同夏日傍晚树丛间泻下的最后一缕夕晖"。青春、女孩、笑脸、树丛、夕晖，那一刻分明让我觉得原来世界这般美丽，人生这般美好，活着这般美妙。

也许你说不就是笑嘛，笑谁不会，那还不容易！可我要说，并不容易！你想，那可是机场高速，车流不断，甚至排队。一车至少一笑，加起来一天要笑多少次？何况那并非在傍晚树丛花前月下，而是在高速公路的出入口，车轮声、引擎声、喇叭声、车尾废气，空气浑浊，夏天炎阳，冬日寒风，一个女孩子，谈何容易！你给我笑一个试试？若换上我，别说笑，没准哭的心都有！并且笑的并非特定女孩，而是所有女孩。前年笑，去年笑，今年笑，估计明年也笑。过路费十元，笑；近日改为五元，仍笑。过路费减半而笑未减半——如何，服了吧？

所以，我可是不大明白为何公路收费站那般声名狼藉。媒体骂，司机骂，大家骂。把人家活活说成了《水浒传》：留下买路钱来！说实话，车，买还是不买，我犹豫了很久很久。此刻决心已定，咱家也买一辆，哪怕为了公路收费站漂亮女孩那夕晖般的微笑。

　　话说回来，上面描述的情景发生在青岛域内。青岛以外如何呢？例如北京、上海、广州……记不得了，记得也不想说——我基本不讲别人坏话。

（2011.7.15）

第三编　教育就是留着灯

致人大校长公开信

尊敬的中国人民大学校长纪宝成先生：

说起来惭愧，作为教授，我还真不知道您治学治哪块田地，几个月前甚至不知道您的尊姓大名。我知道您，是在今年三月初《国家中长期教育改革和发展规划纲要（2010—2020年）》公开征求意见稿发布之后，尤其您在"两会期间"的相关发言引起了我的关注。关注的另一位是原中国科技大学校长、现任南方科技大学校长朱清时先生。这是因为，您二位虽同是校长，但观点有时却那么不同，近似辩论赛中的正方和反方。坦率说来，朱校长的发言令我兴奋和激动，如风雪夜归人终于看见远处自家柴门如豆的灯光；而您的发言却让我重新折回凄迷寒冷的风雪旅途。这里只就两点和您商榷，作为广义的大学同行之间的对话也好，作为教授向校长的进言也罢。

第一点，您坦言"我从来不赞同教授治校，比如盖楼房，还得靠行政权力"。不知您说的"盖楼房"是不是受了梅贻琦校长治校名言的启发：大学者，非谓有大楼之谓也，有大师之谓也——但愿不是——但有一点我是知道的，即您作为校长好像对教授治校的由来和本质不甚了了。无论在西方还是在中国过去某一时期，教授治校都基本以治学为核心。和在工地头戴安全帽指挥盖楼未必有多么密切的关系。西方且不说了。在中国，蔡元培是倡导"教授治校"第一人，而由蒋梦麟继承和发展，在梅贻琦主政的清华形成较为完整的框架。察其内容，在北大主要由教授选举教务长；在清华，主要由教授会推举代表同行政当局组成评议会。而教授会由代表学术权威的教授组成，教授借此参与学校的管理。教授会也好教务长也好评议会也好，我想其讨论、考虑和决定的，可能多是与教学和学术有关的事项，而不是盖楼。即主要行使学术权力，进而逐渐过渡到"教学治学"。就内容而言，二者并无根本区别。当下的问题是，即使"教授治学"也因没有制度保障而未能充分实现。就连小小的系主任以至教研室副主任都不是由教授选举产生的，遑论其他！何况，许多大学压根儿没设教授委员会，学术委员会也往往有名无实。除了职称评定，一切由党政联席会议说了算。其实，教授本身要争取的也并非盖楼的权力。这点务请纪校长理解，别这样置换。

退一步说，即使他们想参与盖楼也不应剥夺他们的权力，毕竟教授是大学的灵魂和主人翁。在这一点上，您的同行朱清时校长要清醒得多：教授治校，学术至上的办学理念是大势所趋。是啊，作为校长，看清大势并为此推波助澜而不是相反，这点再重要不过。那才是我等教授心目中的校长。

第二点，您明确表示不赞成取消大学或校长的行政级别（虽然您说并不反对去行政化）。理由是当社会习惯以行政级别衡量其社会地位时，给学者以一定的行政级别，那不是行政化，而是尊重教授。相反，如果取消，那将是贬低教育，导致高校无法与社会对接。"现在我可以找北京市市长、副市长，取消以后我肯定找不到了。"

作为大学中人，作为在大学行政管理系统中无任何行政级别的草根教授，我特别能理解您无法"对接"的痛苦。但也请您体察我的痛苦，我一不能和副部级或厅局级校长"对接"，二不能同处长甚至科长"对接"，空有满肚子豪情壮志奇思妙想而无人接待和倾听。而若取消行政级别，我这个教授不就可以同任何人"对接"从而扬眉吐气了吗？而若所有的教授都扬眉吐气，那么大学不就扬眉吐气了吗？大学扬眉吐气了，整个国家不就扬眉吐气了吗？当然，即使届时和校长平起平坐了，我也不会总找校长。校长忙，我也忙。所以，我不大明白你总找北京市市长副市长干什么。中国人民大学——您应该首先找之于您的中国人民即贵校教师们才对头。你是教师、教授们的校长,而不是北京市市长的校长。要找,应该由市长们找您。

想必您也知道,以前的蔡元培、蒋梦麟、梅贻琦、胡适、傅斯年等诸位校长找过、搭理过北京(北平)市长们吗?那时的大学不是办得虎虎生威吗?何况,《纲要》明确提出要逐步取消来自大学外部的"行政化管理模式",即要政学分开、管办分离。因此,您担心找不到市长的前提届时已不复存在。不言而喻,作为行政管理部门的教育部敢于提出去行政化,这无异于用自己的刀削自己的柄的自我革命,机会十分难得。作为校长,理应以知识分子的高度敏感、忧患意识和远见卓识抓住这个有利时机,迎难而上,张开双臂迎接教育界的明媚春光。而不应一味强调困难泼冷水,那叫我们教员、教授多么心冷啊!

(2010.5.20)

梦醒时分："教师节能不能取消？"

离开位于青岛的大学，回到乡下老家小镇的中小学。从我的乡下"别墅"步行几分钟，过一条铁道就是我因转校上到小学三年级的母校。毕竟时隔半个世纪了，母校已大为改观。乳黄色的五层教学楼，看上去不亚于青岛市任何一所小学。距教学楼不远是两座崭新的宿舍楼，楼前同样崭新的五辆校车分明在夸耀自己的存在本身和存在的意义。

五十多年前我上课的那排平房还在，房后三棵大柳树和树下的小河也在。我站在平房和河边柳树之间回想每天跨过小河来平房教室上课的自己，回想一齐大声朗读"bpmfdtnl"和"白天太阳晚上月亮"的同学和教室，回想教我的王老师——想他一笑忽然一闪的那颗金牙，想他的细心和亲切。是的，爸爸给我买了一支黑色的小钢笔，同桌一个漂亮女生借用时弄不见了。王老师担心我回家挨骂，放学后拉我的手陪我回家向爸爸妈妈解释和求情。许多许多年后，我翻译的日本电视连续剧《命运》在全国播映，听说他不止一次指着荧屏字幕上我的名字眉飞色舞："看，那就是我教出的学生！谁说我的教学水平不高，笑话！"甚至在全镇教师大会发言时也这样强调来着。多好的老师啊！不用说，学生就是他的一切。可惜我已经打听不到他了，不知他活在何处，抑或魂归何方……

我又沿着一条长满蒿草的铁路向另一方向行走，不出二十分钟就是我的另一所母校：因"文革"只读到初一的九台十三中。正中间约略隆起三角形的一长排红砖平房仍是老样子，东头几座小平房就是我冬天住校时的宿舍。校园显然已弃置多年。铁校门锈了，铁锁锈了。操场一侧是一人多高的稀疏的蒿草，另一侧是一大片正开花的向日葵，开得热烈而寂寞。我的目光从蒿草间勉强找到大约是"一年级二班"的教室窗口，窗口玻璃打破了。是的，于老师特别欣赏我的作文。总是在我抄来的漂亮句子下面画出很多相连的红圆圈，像快速转动的火车轮子。一次还把我的作文当"范文"推荐到三年级班上朗读："喏，这可是我教的一年级新生写的作文！"作文评语差不多每篇都写满一页，一一指出优点和不足。我每次都急切切看他写的评语，看得我的心也像坐上火车轮子"突突"跳个飞快。想到这里，我深吸一口气，闭起眼睛，眼前旋即印出于老师的字迹。他的字极有特点，"竖"特别长，"横"特别上斜，斜成一行就更上斜了，就像秋天冲高南飞的一行行大雁……蓦然回神，但见几只麻雀掠过蒿尖。我继续张望了好久。除了是我的母校，这里还是父亲生前最后的任职之地。

　　沿来时的铁路折回时，在铁道口有人问我的名字，原来是高我一年的校友。聊起母校老师，他也感慨万端："那批老师真叫老师，一个是一个，顶呱呱，课没水分，人没水分，全来干的……"同时我也得知，镇上还住着一位初中时代的老师：张老师，当年的教导主任。记得他是从"旧社会"过来的，家庭成分不好，而工作极认真，事必躬亲，一丝不苟，我后来形成的对"旧职员"的印象和敬意，他应是"原型"。加之父亲1980年调任这里当书记时他任校长，我决定前去拜访。

　　路边一座土房，大门外几丛金黄色的万寿菊开得热火朝天，一片密集的小太阳似的，同土房的凄清落寞构成一种反差美。轻推板门，通报姓名，一位老人热情把我拉进屋去。八十六岁，面色红润，声如洪钟。一见面他就对家父赞不绝口，他像当年给学生讲话一样罗列起来："第一，林书记（家父）从不假装内行，放手让我干。我跟几位书记合作过，和你父亲合作最愉快；第二，你父亲不贪不捞，离职时连学校给买的塑革公文包都留下了；第三，你父亲特喜欢学习，懂的东西其实不少……"老教导主任滔滔不绝。我想起来了，难怪搞一辈子政治工作的父亲遗物中有关于古代史的学习笔记,有关于书法的讲稿。父亲去世四五年了,我有过那样一位父亲。更重要的是,共和国在"文革"前和"文革"后的八十年代有过那样的老师、那样的教育管理者。难怪有人怀念八十年代,《班主任》《人到中年》……

然而,我很快从"梦"中醒来。当晚亲友聚会,一位远房亲戚忽然问我能不能取消教师节:"你是当老师的,你看能不能取消教师节?"惊问其故。她告诉我很快就要到教师节了,不知道给老师送什么礼,"如今全来干的——不知道红包里封多少钱好。为什么弄出个教师节呢?唉!"她一副愁眉不展的样子。她丈夫插话说一个儿子正读高中,老师上课不来"干的","干的"留在课外教,办班,不能不送孩子去,这又是一笔钱。"大家都在捞钱,老师也捞。"我告诉他,不是所有老师都这样。大学老师就不这样,不办班,无钱可捞。他又问难道你招研究生不捞钱?我说没捞,我喜欢干净,我花的每一分钱都是干净的。他一副难以置信的样子,像看不明飞行物一样看了我好一阵子。

从乡下回来好几天了。也是因为不出几天就是教师节,"能不能取消教师节"那句话三番五次在我耳畔,不,在我心头响起。

(2012.9.2)

朱校长和"牛"校长

深圳,南方科技大学。

年前,教育部终于正式行文,批准南科大筹建。三月一日,包括八名山东孩子在内,由四十五名学生组成的教改实验班正式开学。南科大再次迎来无数近乎焦灼的期待目光。能不期待吗?深圳,这片小平同志生前寄予厚望的南国热土,三十年前诞生过"春天的故事",人们当然有理由期待在三十年后的初春时节再次诞生一个"春天的故事"。

南科大创办至今,当然有深圳市政府给力等种种原因,但朱清时校长的"牛脾气"也显然是个不可低估的牵引力。这位中国科技大学前任校长,几年前在教育部大张旗鼓搞的本科教学评估中,只有他我行我素,在扩招一边倒的风潮中只有他按兵不动。一年多以前通过全球"海选"刚一上任,开口就是"办大学首先要去官化、去行政化"。去年两会期间发言:"大学不能谁官大，就谁说了算"。出席温家宝总理在中南海主持的关于《国家中长期教育改革和规划发展纲要》座谈会，当总理面也直言不讳：高校必须以教授为主导，改变当前依靠行政权力治校的局面。实际上他也身体力行，在南科大"去行政化"，首先取消了自己的行政级别，市里开会即使坐在职校后面也无所谓。怎么样，"牛"吧？

更"牛"的是这次。南科大筹办三年了，教育部却迟迟不批。朱校长等着等着就来了"牛脾气"：俺不等了，招生！自主招生，自授学位！用人大教授张鸣的话说，没拿到准生证就敢生孩子！你别说，还真有家长火上浇油，一会儿就给他送去了四十五个好孩子，朱校长为之眉开眼笑："得天下英才而育之，不亦乐乎！"他认为四十五个并不算少，"哈佛大学开始创办才七个学生"。喏，原来朱校长眼睛盯的是哈佛，而南科大原型则是香港科技大学。这所大学创办仅仅二十年就进入二〇〇九年《泰晤士报》全球大学排行榜五十强，而今年四月二十六日建校一百周年的清华大学却排在第四十九！这让人想起香港中文大学前任校长金耀基教授的一次发言："有人说，21世纪是中国世纪，我认为，如果没有50到100家第一流大学的话，这是痴人说梦。"——大陆的大学校长再不来点"牛脾气"，更待何时？

其实，朱校长的脾气只有在此时的中国大陆才是"牛脾气",而在国外则什么脾气也算不上。据华东师大特聘教授许纪霖介绍,美国总统奥巴马踌躇满志地去了亚利桑那大学,而校方淡淡表示,他才刚刚上任,我们要看他四年才能决定是否授予他名誉博士学位。也不光亚利桑那大学,国外一些大学历来不把行政官员当一回事。用网络流行语言来说,神马都是浮云。哥伦比亚大学不肯把博士学位授予英国女王,牛津大学拒绝给撒切尔夫人颁发荣誉学位证书。美国前国务卿基辛格博士,不仅是官做得风光,学问也十分了得,但他想回母校哈佛大学当教授的申请却遭到当时哈佛校长的拒绝,理由是"凡在政府任职超过两届的,就不再有资格回校任教"。这方面,英国前首相布莱尔也有过不幸遭遇。前几年,苏格兰北部一个教育欠发达地区有个女学生考试入围牛津大学。这在当地是百年不遇之事,当地政府甚为重视。遗憾的是教授面试时被排除了,认为该生缺乏"创造潜质"。于是当地政府层层求人,最后找到教育大臣说情,教育大臣又找副首相说情,副首相又找首相布莱尔说情,但谁说情都不管用。布莱尔觉得丢了一国首相的面子,私下发了句牢骚。祸不单行,牢骚传到牛津大学,惹得师生大怒,立马宣布取消授予布莱尔荣誉博士的原定计划。

怎么样,哪一个都比朱校长"牛"吧?朱校长发"牛脾气"针对的不过是教育部,人家针对的可是首相、总统、女王,最小的也是比部长大半级的国务卿。是那些"牛"校长们天生喜欢顶牛喜欢发飙吗？不，那是为了大学的独立与尊严！庶几而有哈佛，而有牛津。同样，朱校长之所以敢发"牛脾气"，也并非因为横竖看教育部不顺眼，而是为了打造中国的"牛津""哈佛"，为了解答"钱学森之问"，为了他自己所说的"总得有人迈开第一步"。在这个意义上，朱校长面对的阻力恐怕比英美同行面对的首相、总统、女王和基辛格大得多，因而比哈佛、牛津的"牛"校长们"牛"得多，堪称世界第一"牛"校长。

（2011.3.1）

清华教授何以绝食

　　日前有媒体报道,清华大学教授程曜发现其任职的工程物理系未经其本人审阅和同意,就将部分涉及自己尚未公开发表的论文资料在该系网页公布。他认为这侵犯了自己的知识产权,遂同系方、校方沟通,要求撤下。岂料,只消轻点鼠标之劳的这点小事却被精于电脑技术的清华一拖再拖,拖了一年多仍无动静。万般无奈之下,程曜教授从 10 月 4 日开始绝食抗议,持续绝食至 10 月 9 日,系方才向他道歉并从网页撤下相关信息。

　　无论如何难以置信。清华再怎么说也是清华,程老师再怎么说也是教授,解决如此区区琐事——何况理在程老师方面——居然要堂堂清华教授付出绝食五天的代价! 我不知程教授多大年纪和身体状况如何,若老弱如我,休说五天,一天都要饿得老眼昏花瘫倒在地。由此引起并发症一命呜呼都并非没有可能。知识产权重要还是饮食活命重要？这程教授也真是迂得可以。清华的工程物理系更成问题。再搞工程物理也不至于对人的生理一窍不通嘛！俗话说人是铁饭是钢，一顿不吃饿得慌。程老师可是十五顿没吃，岂不饿到生理极限了？再说他又不是闹着要当系主任或像我这样成天闹着要当系党支部副书记，系方何以绝情若此？

噢，我想明白了。怪就怪在程教授不懂配合，怪在他不是"精致的利己主义者"。记得钱理群教授今年五月间这样说过："我们一些大学（包括北京大学）正在培养一些精致的利己主义者。他们高智商，世俗，善于表演，懂得配合，更善于利用体制达到自己的目的。这种人一旦掌握权力，比一般的贪官污吏危害更大。"这就是说，假如程老师"精致"地"懂得配合"或"配合"得十分"精致"，哪里会遭此"饿其饥肤"之苦呢！

但另一方面，有程教授这样的教授存在又恰恰是清华之幸——这样执着、较真而不懂配合的有风骨的教授，他所培养的学生自然不会是"懂得配合"的"精致的利己主义者"。此其一。其二，程教授和他的绝食之举，可以再次促使清华乃至整个吾国整个高等教育界思考和改正种种弊端。不过与此同时，人们不禁要问这促使的代价是不是也太高了？《国家中长期教育改革和发展规划纲要（2010—2020）》已经公布两年了，纲要的一个要点，就是要"去行政化"。那么清华作为中国 2700 余所(一说 2362 所)大学方阵的排头兵是如何贯彻落实的?把教授放在了什么位置?教授是系里的主人还是系主任的下属?小小的系主任竟可以把言之有理的教授逼到绝食并真正绝食长达五天之久的地步,在提倡人性化管理和上下以和谐为重的当今之世,简直滑天下之大稽。这还是大学吗?还是大学中的清华大学吗?

何况系主任也谈不上是教授们的上级或领导。众所周知,欧美等西方国家的大学,系主任是由教授们推选出来的相对德高望重之人,是大家公认的该学科领军人物,而即使那样的系主任也并非教授们的领导,大体相当于教授会召集人、主持人的角色。相比之下,中国大学里的系主任则大多是由组织考察和任用的。毋庸讳言,作为组织或主管部门,无论谁都喜欢任用"懂得配合"的。而"懂得配合"的人有时候很难说是该学科最有成就和影响的领军人物,甚至连教授都可能不是。这么着,由副教授兼系主任或讲师兼系主任的人"领导"教授及其同事的现象,在中国的大学校园绝非今古奇观。不用说,这样的系主任很难得到教授,得到大家应有的尊重。说白了,或许除了系主任本人,没多少人把系主任当很大一回事。而清华那位系主任竟有如此大的能量,想必远非等闲之辈。

粗略梳理起来,清华这几年弄出来的名堂不算少了。始而陈丹青因招不到自己想招的具有艺术悟性的博士生愤而辞职,继而某位专攻近代史的史学副教授把英文里的蒋介石译成"常凯申",次而冒出个"真维斯楼",火烧历史标志性建筑清华园门……这次又逼得教授绝食五昼夜,没准"好戏"还在后头。清华怎么了?这就是提出大学乃"有大师之谓也"和成功建立教授会而实行教授治校等民主制度的梅贻琦任校长达十七年的清华大学吗?呜呼,"曾日月之几何,而江山不可复识矣!"

（2012.10.18）

读"道"：大学之道、为师之道……

冬天。青岛。十二月了，却没有雪。作为节气，"立冬"早已过去，"小雪"也过了，很快就是"大雪"，然而没有下雪，连下的意思都全然没有。放眼望去，山川憔悴，四野蒙尘，大气干燥，街巷扬灰。多么希望下一场雪啊！希望雪给大地盖上软绵绵、厚墩墩、白莹莹的天鹅绒被，让大地稳稳地入睡，让蜜蜂美美地休眠，让种子慢慢地养精蓄锐……不仅如此，雪还将带来轻盈、安静与庄严，带来纯洁、神秘与包容，带来追忆、遐思与梦幻。然而没有雪！

不知为什么，这让我想起校园、大学校园。

校园同样缺雪——缺少道！缺少大学之道，缺少为师之道。不是吗？我们的大学校园不缺少花草树木，不缺少花花绿绿的橱窗和标语，不缺少香车宝马宾馆酒楼，唯独缺少雪。没有雪，校园就少了诗意，少了梦幻，少了玉洁冰清的纯洁与超尘脱俗的庄严。因此,对于作为校园之雪的道的焦虑与期待仍是一年来我读书生活一个驱动力。

《浪淘尽:百年中国的名师高徒》(刘宜庆著,华文出版社2010年9月版)。百年中国,中国百年。辛亥革命、军阀割据、五四运动、北伐战争、抗日战争、解放战争、一九四九、"反右""文革""四人帮"、改革开放……大浪淘沙,风雷激荡,家仇国难,炮火弦歌。其间无不闪动着知识分子文弱而傲岸的身影,无不回响着他们嘶哑而悲壮的呐喊,无不叠印着他们踉跄而执着的足迹。康有为、梁启超、章太炎、黄侃、蔡元培、梅贻琦、胡适、顾颉刚、顾毓秀、叶企孙、陈寅恪、陈垣、赵俪生、俞平伯、闻一多、吕荧、吴晗、沈从文……或名师,或高徒,或亦师亦徒,沧沧云山,泱泱江水,鹤鸣凤舞,星月交辉。读罢掩卷,不胜唏嘘,万般感慨,无限情思。尤其让我感动和敬佩的是这些名师身上表现的"道"或者操守。章太炎讲国学,是为了保存国粹,以国学"识汉虏之别"。为此目的,"卒前数日,虽喘甚不食,犹执教临坛,勉为讲论。夫人止之,则谓'饭可不食,书仍要讲'"。闻一多对改学优生学的潘光旦说:"你研究优生学的结果,假使证明中华民族应当淘汰灭亡,我便只有用枪打死你。"陈垣在抗战期间语重心长地告诉启功:"一个民族的消亡,是从民族文化开始的……我们要做的是,在这个关键时刻,保住我们中华民族的文化。"而学生们大多不负恩师教诲,在国难当头和传统文化风雨飘摇之际，表现出了可歌可泣的民族气节和学术救国的士子情怀。

不幸的是，这样的为师之道却在中国百年的后半叶戛然而止。漫说为师之道，就连为师之身也倍受凌辱，尤以五十年代的"反右"和六十年代的"文革"为甚为烈，许多名师竟死于以"红卫兵"面目出现的昨日学生文攻武斗之手。教师从此失去了道的解释权和传承权，而沦为政治之道的附庸甚至牺牲品，开始弃道就器，弃道就术。

如果说刘宜庆这本书追求的是为师之道，那么《中国高校之殇》（刘道玉著，湖北人民出版社 2010 年 9 月版）则追求的是大学之道。这位颇具民国大学校长风范的原武汉大学校长为大学之道的缺失而忧心如焚。他一针见血地指出，大学办学理念的平庸在于其领导者而不是教育家；大学已经不是一方神圣的"净土"，用乱象丛生来形容我国的高校绝不为过。于是强烈呼吁大学自觉成为社会的净化器，"一个社会要有希望，一定要有净土，这个净土就是学校。……如果学校这方净土失守了，也开始造假了，社会就没有希望了。"的确，任何机构、任何人腐败了都未必可怕，真正可怕的是大学、大学中人的腐败——这将导致一个民族精神家园的失守和心灵体系的崩溃。

《世界知名大学校长访谈录》（李清川、于丹，东方出版中心 2009 年 6 月版）。此书的主旨就是追问"教育何为，大学何为，学术何为，校长何为，学者何为……"读之，至少让我知道，走出过牛顿、达尔文和当今霍金所在的剑桥至今仍是一座小城，骑自行车就能到达城市的任何地方。日本早稻田大学的一贯原则是"与政府保持适当的距离"，要有"在野精神"。而在我们的大学，谁肯"在野"呢？谁甘心在小城骑自行车呢？"礼失求诸野"，"野"没了又求诸何处呢？

此外，作为多年来翻译和研究村上春树作品的译者也好学者也好，我不能不提及村上的新作《1Q84》。部分媒体和商家口口声声称之为"村上春树巅峰杰作"，至于"杰"在何处，何为"巅峰"，却未提出任何根据，而仅仅将"重口味"段落集中起来印成"抢读本"招徕读者。我读的是原汁原味的原版，三卷都读了。读毕我必须承认自己面对的很大程度上是另一个村上春树。"小资"情调消散了，"斗士"风姿暧昧了，"中国因素"改变了。依书中的说法，"物语的职责，笼统地说来就是将一个问题置换为另一形式，通过其移动的质和方向性来物语式暗示解答方式"。那么，作者到底想置换什么，暗示什么？

写到这里，我不由得想起以《在世界中心呼唤爱》而闻名的另一位日本当代作家片山恭一。十月中旬，日本国际交流基金会北京日本文化中心邀我赴京点评片山恭一题为《纯爱文学的可能性——日本人的生死观》的讲演,后来又一起来青岛。这当中我们谈起村上春树,他说村上小说的问题,一是为"国际化"砍掉了许多东西,二是不知他想表达什么。"林先生在点评中引用村上去年《高墙与鸡蛋》演说中关于个体灵魂与体制的表达——村上说的诚然漂亮,而他在作品中实际表达的东西却好像另一回事,不一致。"那么,"另一回事"是怎么回事?"不一致"表现在什么地方?这是我一年来读书当中所思考的一个问题。毕竟,这也涉及"道"。村上开始由"文以抒情"追求"文以载道"——之于村上君的道究竟是什么?这意味着,中国读者恐怕需要相应转变阅读方式,由"粉丝"式阅读变为警醒式阅读。

涉日图书一年来出了很多。我觉得《冰眼看日本》(俞天任著,语文出版社 2009 年 11 月)和《别跟我说你懂日本》(王东著,江苏文艺出版社 2010 年 7 月版)很见特色。体察入微,言之有物,涉笔成趣,绘声绘色,亦庄亦谐,读来让人上瘾,欲罢不能。《日本行,中国更行》(王锦思著,青岛出版社 2010 年 1 月)也很不错,以富有新意的视角将日本作为参照物,观照中国百年兴衰,发人深省。

(2010.12.14)

屈原缺席端午节

　　铃响下课,课间休息。正在教师休息室检查信箱——我总以为里面会有获奖通知书———一位英语女同事跟我打招呼:"林老师,你喜欢舞文弄墨,有个素材能不能写一下,题目我都替你想好了:'历史在哪里?'"也是因为没能翻出获奖通知书,我停下手洗耳恭听。

　　前不久她去上海阅卷。来自全国各高校二百多位英语老师批阅二十六万份专业英语四级试卷。试题中有一道关于端午节的,问了四问。一问屈原性别。谢天谢地,人类基本只有男女二性,回答非男即女,没答出更多花样。二问屈原年代。毕竟吾国历史过于悠久,花样陡然增多。或答东周西汉,或答五胡六朝,或答南唐北宋,甚至出现清末民初等"雷人"之语。三问屈原之死。考生们的文学想象力在此发挥得淋漓尽致,答被国王一刀砍了脑袋者有之,答被皇帝绑上绞刑架有之,答被御林军投入江中者有之,答屈原自己失足落水者有之。四问投粽之意。这回答案相对集中:因为粽子是屈原的生前至爱。有人意犹未尽,编造说屈原托梦给朋友,说他特馋粽子,而水晶宫里只有海鲜……

"你能相信?考生们可全是大学生哟!"我想个别人总是有的,遂问答错的占多大比例。"接近一半,或者五分之二到一半之间吧。"女同事接着补充说,"可是问到他们自己——不是屈原——喜欢穿什么戴什么的时候,这下好了,外国名牌如数家珍,英语表达本身也变得绘声绘色,栩栩如生,简直看得见男生女生眉飞色舞的鼻子眼睛!"

的确难以置信。若问晏子重耳管仲乐毅倒也罢了,而关于屈原和端午节,答案怎么可能如此五花八门呢?以古代史言之,屈原是辅佐楚怀王的佐徒(地位仅次于楚相)、三闾大夫;以文学史言之,屈原是我国最早的大诗人,《离骚》堪称千古绝唱;以民间风俗言之,端午节吃粽子和有关屈原的传说,差不多可以说是常识。即使对于"90后",屈原也是哪条路都绕不过的历史人物啊!

然而事实如此。女同事讲的不是传说,而是她最近的亲身经历。尽管她未必一一查阅统计,但肯定同其他阅卷老师交流过议论过感叹过。

是啊,"历史在哪里?"英国史学家科林伍德说"历史学是为了人类的自我认识"。作为中国人,连春秋战国那段群星灿烂的历史、连屈原那样彪炳千秋的历史人物都有这么多大学生答得笑话百出,那么如何认识自我呢? 而若不认识自我,不知道自己是谁,就算英语说得仅次于英国人,又有多大价值可言呢? 须知,世界上绝不缺少会讲英语的人,缺少的是会讲英语的中国人。而现代的中国人能不知道古代的中国人屈原吗? "屈平辞赋悬日月,楚王台榭空山丘……功名富贵若常在,汉水亦应西北流!"看来,汉水果真西北流了,不,西洋流!

可转念细想,这能怪学生吗? 能怪也不能怪。同属西洋的十七世纪英国哲学家洛克写过这样一句话:"我们日常所见的人中,他们之所以或好或坏,或有用或无用,十之八九都是由他们的教育决定的。"确实,哪个孩子都不可能一生下来就知道屈原是男性是楚国人,哭声更不可能是"路漫漫其修远兮"。知与不知,完全取决于后天所受的教育。教育当然不仅仅是学校教育,还有家庭教育、社会教育、政治思想教育等种种教育。

说起来,抛弃屈原们不是从"90后"开始的,早在他们的祖父、曾祖父那个年代就开始了。经过洋务运动和五四运动,一百多年来我们亲手斩断了传统文化这个自己的根。"文革"期间尤其荒唐和惨烈,别说屈原,连孔子的墓都掘了,巨大的墓碑被北京来的"红卫兵"缠上钢缆用拖拉机拦腰拉断。不信你去曲阜看看,断痕清晰可见。那其实是自家文化传统的断痕。掘的何止孔子墓,更是文化祖坟。二十世纪八十年代人文学科一度东山再起,文学甚至成为文科考生的首选专业。但随着自然科学和社会科学的攻城略地,特别是全民功利化风潮的重兵压境,教育越来越趋于急功近利。在这种情况下,屈原缺席端午节也就没什么可奇怪的了。

　　但是——恕我重复——毫无疑问,屈原们才是我们的文化血脉,才是中国人之所以为中国人的 DNA。文化上的混血并不可怕,可怕的是我们固有的血脉被"透析"掉。假如真有那么一天,我们只知道圣诞节而不知道端午节,只晓得风骚而不晓得《离骚》,那么我们算什么呢?

（2012.6.15）

文化与《围城》

金秋十月，"文化"两个字忽然金灿灿跃上山巅，跃上前所未有的高度——中央提出文化兴国战略。虽然季节已转入最后一季，但我还是想把"文化"定为今年的"年度词"。加之自己好歹算是个文化人，就在此谈几句文化。文化有宏大叙事，有日常景观。我想从后者谈起，比如着装。毕竟着装也是文化。

不怕你笑我，本校讲课也好外出讲学也好，我大体总是一身西装，领带也不忘扎上。原因主要有两个。一是我不适合穿夹克等休闲装，穿上去总好像有些滑稽。既像车间工程师，又像工地包工头，同刚进城当街道办事处主任的原乡党委书记也有几分相像。总之都不像我。第二个原因是我年纪不小了，再不抓紧穿，不出几年就没穿的机会了——一个退休人员总不好西装革履排队取酸牛奶或去早市买两条带鱼吧？于是乎,校园里大体只我一个人西装革履,俨然《围城》里的方鸿渐。偶问同事为何不穿西装,告曰麻烦。我不以为然,扎领带五分钟足够了,忙得连5分钟都挤不出不成?日理万机的国家领导人也都西装革履嘛!最近倒是有一位教授的回答颇见教授修辞水准:穿西装是因为在乎别人,所以八九十年代穿西装的人多;而现在大家不太在乎别人了,想活回自己⋯⋯

不过总穿西装难免单调,间或改穿中山装。于是乎,在辛亥革命一百周年之际校园里又几乎只我一人以中山装风格出现。还好,如今人们都极有包容性,甚至忽悠我最适合穿中山装,"一看就一身正气两袖清风"。我也因之得意忘形,日前竟把中山装穿去了时装之都大上海,穿进"同济人文论坛"的演讲会场。所幸,一进会场,热情的大学生们就鼓起掌来。我猜想,较之中山装里面的"内容",掌声没准是送给中山装这一外在形式的。尽管这个世界充满了不确定性,但有一点可以确定:同济"90后"大学生们肯定是第一次听穿一身纯黑色中山装外地老师的演讲。

晚间赴宴,没等我落座,一位老朋友当即起身,挺胸凸肚,口中振振有词:"兄弟我在英国的时候⋯⋯"众皆大笑。毫无疑问,大家知道他是在模仿钱钟书《围城》及同名电视剧中身穿中山装的那位虚拟的三间大学校长。也巧,我旁边坐的也是校长——并非虚拟的一位大学常务副校长立马提议先和中山装合影留念。这么着,我这个虚拟的校长同非虚拟的校长及众弟兄们定格在乔布斯 iPhone 手机小圆孔之中。喏,传统服装、传统文化就是承人高看一眼!

从沪上回来后上课,依然那身中山装的我快下课时提及上面的趣闻:"兄弟我在英国的时候……"不料满课堂男女大学生谁也没笑。我心中疑惑,遂问看没看过《围城》?下面有的摇头,有的不语。我大为意外:没看过钱钟书的《管锥编》《谈艺录》很正常——"兄弟我"也几乎没看过——问题是《围城》也没看过?诸位可是文科大学生哟!下课后我和一位同事闲谈时提起此事。这位中年女老师说:"那也很正常啊!电视连续剧《围城》是八十年代末或九十年代初的,而他们是'90后',或者没出生或者刚刚出生。至于小说《围城》嘛……"

是啊,小说《围城》总该看过吧?如果《围城》都没看过,那么也很难认为会看过《城南旧事》《野火春风斗古城》,更不要说《双城记》了。联想以前两个班合班四十三人竟无一人读过三国等四部古典名著,我不由得打了个寒战:这样子,哪怕外语学得再好,也不能算是有文化啊!也许你说学外语的学生学好外语就行了嘛,再说外语本身不也是文化吗?可是请别忘了,《围城》作者钱钟书本人就是学外语出身!而他日后所以成为一代大家,主要还是因为懂外语的他有文化。外语固然是文化,但另一方面,外语或许又不是文化,而主要是工具。文化关乎"道",外语止于"器",弃道就器,而求破城突围,岂可得乎?

(2011.11.6)

指标：一切浪漫情调的死敌

有人明知故问，问我什么是文学。我文学地回答 1 加 2 等于 3 是数学，1 加 2 不等于 3 就是文学了。换个说法，文学或搞文学的人或许多少都有些不正经。比如王小波。小波最讨厌假正经，他生前说过这样一句可谓真不正经的话：指标这东西，是一切浪漫情调的死敌。假如有上级下达指标令我每周和老婆做爱三次，我就会把自己阉掉。如何，是不正经吧？指标那么正经的东西，就这么被他以不正经的修辞戏谑化了，消解了，使得主人公王二们嬉笑着逃离了指标的重压。

但不用说，王小波骨子里是严肃的，他对指标所下定义的实质是严肃的——指标会逼人自己把自己阉掉。小波曾把恶劣的文体比作在水银灯下光着上半身乘凉的一大片中老年妇女，感叹"假如我是个天阉，感觉会更好"。不幸的是，他不是"天阉"，因此在面对指标的时候只好自阉。而阉了的男人就成了太监,即使面对"后宫佳丽"(小波语)也无法浪漫,浪漫情调从此消失。

不由得,我想起了大学校园。必须承认,无论硬件还是软件,吾国大学校园跟任何国家比都未必相形见绌。且以时下自然景观为例,白杨亭亭玉立,垂柳婀娜多姿,樱花云蒸霞蔚,海棠绿瘦红肥。尤其正值花期的紫藤,无数紫色花穗纷纷下垂,既像流苏装点的拱形长廊,又如晶莹通透的钟乳石洞,香气扑鼻,如梦如幻。然而奇怪的是,这里好像无人做梦。无人独上高楼,无人蓦然回首,无人秉烛夜游,无人放浪形骸。无人做梦,也就无人作诗,无人作诗,也就没有浪漫情调。那么老师们教授们做什么去了呢?做项目,做课题,做论文,做专著。因为有指标,有考核指标。一般说来,做这些是很难做出浪漫情调的,难怪小波说指标是一切浪漫情调的死敌。

自不待言,大凡浪漫情调都是兴之所至的产物。或触景生情,或感时兴叹,或睹物思人,或见月怀乡,无不是真性情的自然表达。王小波所说的做爱也不例外,乃是爱之真性情的水到渠成。当然这回还要加上荷尔蒙。若无这两个元素,而只有每周三次的指标,那么做爱必然成为负担,成为肉体和精神的双重折磨,只好自阉了事。

与此同时,大凡浪漫情调都发自个性,而个性是千差万别的。就大学里的科研或学术研究来说,有人热心为当下经济发展出谋划策,有人宁愿为国家与民族的长远未来殚精竭虑,有人倾向于将自家研究内容同学科建设直接挂钩,有人则大体从个人学术兴趣出发,有人喜欢立竿见影一鸣惊人,有人意在藏之名山传之后世,有人述而不作,有人引而不发,有人七步成诗,有人十年一剑,林林总总,不一而足。倘不顾这些个体差异性而一律下达类似一周三次的指标,那么难免冲击大学文化底蕴的形成,阻碍个人创造性和学术潜能的发挥,挤压大家或杰出人才生成的空间。这就好比下达指标令竹笋和苏铁每天同样长十厘米或令兔子和乌龟每小时同样跑十公里。苏铁和乌龟累断腰累吐血也无法达标。于是苏铁和乌龟当不上教授,而竹笋和兔子当上了。而若换一种考核方式,根据个体差异性调整指标,那么苏铁和乌龟就有可能当上教授。倒不是说最好的考核方式是让每个人都当上教授,但至少应该让每个人充分发挥自己的创造性和特长——竹笋以竹笋的方式,苏铁以苏铁的方式,兔子与乌龟亦然。"参差多态才是幸福的本源"(罗素语)。

或许你要说那么索性取消指标,解放苏铁们乌龟们,令其尽情鼓捣浪漫情调岂不皆大欢喜!那恐怕也是不成的。一个国家也好,一所学校也好,一个人也好,总要有个大的目标,目标之下总要有小的指标。即使最讲究也最能制造情调的村上春树,其实也是有指标的。据我所知,他写长篇小说,次次都要给自己下达 400 格稿纸每天写 10 页（或相当于 10 页稿纸的电脑字数）的指标。不写完 10 页绝不歇手。以致他每写完一部长篇都觉得整个人像被彻底掏空。情调——"小资"情调也罢浪漫情调也罢——只存在于文本之中，而写小说的本人并无多少情调可言。再如鄙人。他那边写，我这边译。一旦开译，我定给自己下达指标：每天必译 10 页。若某日因故译 8 页，则翌日非译 12 页不可。只是，无论我还是村上，指标都不是上级下达的，乃是出自个性，出自个人主体性自觉。或许，这也是一种浪漫，一种浪漫情调。

（2012.4.18）

"211"与血统论

也许因为数字化时代的关系,如今什么都喜欢和阿拉伯数字发生关系。就敝人供职的大学这个行当来说,眼前就时不时有"211""985"这两组数字晃来晃去。其实,不仅在乡下老家当农民的大弟一头雾水,就连我也说不精确。只大体知道"211"大学有110余所,之后教育部又根据国家主席江泽民98年5月的讲话精神从"211"中圈点出大约40所,是为"985"大学。均直属教育部,可谓重点中的重点,国立中的国立,校长有不少是副部级、军级——不折不扣的嫡系王牌军。

我必须承认自己命好。两度毕业于"211"兼"985",毕业后在"211"任教一二十载。之后调任的,不仅"211"身价未降,还加冕"985"——如今是"211"+"985"大学专职教授。人不可貌相,别看我本人整日灰头土脸,睡眼惺忪,所经大学无不堂而皇之金光四射。正可谓番薯秧长在金銮殿上，没人敢拿咱不当个玩意儿。

不过话说回来，作为并非校长的平头教员，我本人倒没怎么把"211""985"当个玩意儿。若叫我重新选择，未必稀罕什么金銮殿，宁愿长去荒草坡——荒草中就我这么一棵大番薯，脚下溪水琮琤，头上彩蝶翩跹，多显眼多神气多幸福啊！切实认识到金銮殿的难能可贵，在我还是前不久的事。

事情复杂也不复杂。今年应届毕业研究生中我带了五个，五个都是女娃，女娃也都要找工作。很快，五人中有四人有了工作或者说有了"婆家"，只一人还"待字闺中"。毕竟人家苦苦跟我三年，眼见她整天强作笑容的样子，心里颇为不忍。于是四处打探帮她找到一家还算不错的单位。对方表示若是男生就好了。我认真地开玩笑说如果只差性别，导师我让她做个变性手术。不知幸与不幸，没等变性，别的问题首先冒出来了——就业推荐表传过去之后，对方回复："按人事处规定，我们只要211的！"我说是211啊，连985都是。"不，本科毕业学校也得是211。两个211，研究生211，本科211，加起来422，一个都不能少！"不巧的是，这位女硕士生的本科学校不是211——出身不好。幸好在出版社有一位铁哥们拔刀相助，才得以化险为夷，我这导师也多少捞回一点面子。尽管如此，我还是暗暗下定决心：以后非211出身的，一个也不带！

可冷静下来细想,我这决心下得对吗?进而言之,用人单位的211规定对吗?高考一纸定终身,考上了又一校定终身。也就是说,只要本科出身不是211,那么以后就算玩命考上硕士博士也休想翻身。以博士来说,211+211+211,非633不可!一句话,本科出身论。其后不出数日,我参加本校考研阅卷,研究生管理部门宣布,今年如果接受调剂生,该生必须本科出身211,报考学校211,否则一概不予考虑。学校不肯降格以求自是好事,作为导师将来也可避免日前那场尴尬,但这岂非又是本科出身论?招生学校如此,用人单位如此,纵有漏网之鱼,也难有一跃龙门之望。"211"啊"211"!

忽然,我想起了"文革"前和"文革"期间的阶级出身论,想起了去年暑假在故乡小镇散步路上的一件事。一位在院门那里站着无事的老者主动打招呼和我闲聊。闲聊之间,告诉我他有个高中同学当年考上北京一所很有名的大学,不料录取通知书先到了公社党委书记手里,书记当面把通知书一撕两半:"你一个右派的狗崽子也想去首都北京上大学?做梦去吧!"他这位同学几乎因此疯掉,几次轻生都被乡亲们好歹劝住,结果落得在生产队低头当农民,只干活,不说话。改革开放时人已三四十了,还能再干什么呢?老者强调他这位同学真聪明,脑袋瓜真叫好使,可就那么毁了,就因为他父亲是"右派","右派"毁了当高中老师的父亲,又毁了考上大学的儿子,毁了两代……

是啊,那正是阶级出身论、唯成分论甚嚣尘上的年代,地富反坏右:"黑五类";革命干部革命军人革命工人贫农下中农:"红五类",绝对红黑分明。阶级出身论也是血统论。"文革"时有两句顺口溜,"龙生龙凤生凤,老鼠的儿子会打洞","老子英雄儿好汉,老子反动儿混蛋"。那时无论当兵上学招工,表格上都有"家庭成分"一栏表明一个人的阶级出身。幸亏我那栏填的是"下中农"。说起来,这方面我必须感谢"胡子"(马匪),假如土改前三年祖辈们的家产不给"胡子"一把火烧光而在土改定成分时被定为地主或富农,抑或当小干部的父亲被打成"右派",那么我会怎么样呢?不用说,那位老者的同学就是我……

虽说眼下的本科出身论和三十几年前的阶级出身论性质截然不同,但毕竟同属出身论,因而有可能是另一种血统论,不对?

（2012.3.3）

教育就是"留着灯"

　　武汉一位高三男生来访。他明显不同于一般来访的客人——完全像在高中课堂听课那样在我面前正襟危坐,神情谦卑而肃然,眼睛像看黑板一样看着我,耳朵肯定是在小心捕捉我的每一句话。换个比喻,仿佛我就是面试的考官或即将宣布重大人事任免事项的组织部部长。问题是我既不是考官更不是组织部部长——两分钟前我还在书房里闷头爬格子,衣冠不整,满眼血丝,纯然一副困兽犹斗状——于是我把脸转向他的母亲。他母亲告诉我,儿子看了我对他网上留言的回复后深受鼓舞大有长进。细问之下,原来我半年前引用北大法学院苏力教授《走不出的风景——大学里的致辞,以及修辞》那本书中这样几句话鼓励这位高中生来着:我们会在这里长久守候。即使夜深了,也会给你留着灯,留着门——只是,你得是有出息的孩子。而且,我们相信,你是有出息的孩子!

你们会是有出息的孩子！他母亲兴奋地介绍说，儿子的学习成绩因此在武汉一所重点高中迅速跃居前列。于是儿子扑奔"灯"来了——参加我校自主招生考试。这次来访，是为了就此向我表示感谢。

送走这对武汉母子，心情一时难以平静，我未能接着爬格子，思绪仍围着"灯"转来转去。是的，关于学校教育和教师的种种说法中，半年多来我只记住了苏力这几句话。的确说得好，质朴、简单，而又独具一格，别有韵味，如父母的叮咛，情深意切，苦口婆心。作为大体程序化、官腔化的毕业典礼上的致词，难得听到这样的表达、这样的修辞，何况出自一位法学院教授兼院长之口。我想任何人听了，心里都会受到类似的触动。但作为我，此外还有相当个人化的原因——它让我想起了那首古诗：日暮苍山远，天寒白屋贫。柴门闻犬吠，风雪夜归人。别人如何我不晓得，反正我觉得这首诗里必须有灯，也一定有灯：一灯如豆！荒山僻野，风雪弥漫，贫家寒舍，一灯如豆。而那恰恰是我小时家境和生活的写照。五户人家的小山村，五座小茅屋在风雪中趴在三面荒山坡上瑟瑟发抖。一个少年背着书包朝左侧西山坡亮着微弱煤油灯光的茅屋匆匆赶去。那条瘪着肚子的狗叫了，门"吱扭"一声开了……那个少年就是我，就是从八九里路远的学校赶回家的我。不管我回来多晚，母亲总为我留着灯，留着门，她相信我是有出息的孩子，一定会是有出息的孩子。

多年后我大学毕业去了遥远的广州。时值"文革"结束前后，即使毗邻港澳的广州也破败不堪，二十几个人挤住一间办公室改成的宿舍里，我和其他人又语言不通——他们都讲广州话——加之工作不如意，整天在一间小资料室里和几位大姐翻译港口技术资料，而更多的时间是听她们情绪激动地数落某男某女的一大堆不是……这算怎样的工作、怎样的生活呢？难道我就这样终了此生不成？就在我四顾苍茫求告无门的时候，一扇门开了，一盏灯亮了——一位六十五岁的老教授在我研究生面试成绩不理想而其他考官们面露难色之际，断然表示"这个人我要定了"！不用说，他相信我是有出息的孩子，一定会有出息的孩子。是他在那里长久守候，为我留着灯、留着门……

现在，是我为孩子们留着灯、留着门的时候了，为了在日暮风雪中背着书包孤零零赶路的少年，为了一时在迷途中左顾右盼不知所措的男生女生。作为我，这谈不上有多么高尚，只不过把我过去得到的拿出一点点罢了。如果说是爱心，有爱心的老师也绝不仅仅是我一个。记得寒假前在新校区等校车的时候，社科部一位女老师招呼我："林老师林老师，你看我的学生写得多好啊！"说着她叫我看她的学生刚刚交上来的社会调查报告，"喏你看，这个男生写他调查流动商贩，同情他们生计的艰难；这个女生写她在乡下见到的留守儿童，想去那里支教……喏，你看这字、这句子写得多漂亮啊多好的孩子啊……"她的声音是那么兴奋和自豪，脸上的表情是那么生动和纯真。

还有，因为女儿的关系，我知道了一位小学语文老师，看她的博客，分明感受得到她为差生变好是多么高兴，或者为班上小调皮鬼的恶作剧多么焦虑。相比之下，我不过是把"留着灯留着门"输入电脑，而在她们那里，更多时候是一言一行本身。

记得夏丏尊说过，"教育没有了情爱，就成了无水的池"。换言之，教育就是爱，就是在这里长久守候，并且留着灯、留着门。

（2012.3.2）

放飞季节：拒绝庸俗

本科生毕业，研究生毕业，学士硕士博士毕业、毕业、毕业——毕业的季节、放飞的季节。鸟儿们欢快地扑棱着翅膀从树上飞走了，放飞了。作为老师，较之放飞的欢欣，更多的是自己飞不走的寂寞和感伤，只能默默注视着鸟儿们渐飞渐远。而世人很少留意老师的感受、老师的眼神。这很正常，鸟与树之间，有谁会在意一棵老树的感受呢？

放飞的仪式，不用说，是毕业典礼。这差不多是师生们最后一次正规集体会面。典礼过后师生就同是"社会人"了，平等了。因此，老师们中间总要出一位代表上台对毕业生们讲几句话，毕业生也似乎特别注意听老师最后几句话讲的是什么。

今年作为教师代表讲话的，是我的文学院同事、儿童文学专家朱自强教授。他的讲话显然打动了年轻的毕业生们的心，引起了长时间的热烈掌声。他这样讲道："我尤其想提醒的是，你们即将步入的社会，不良的世俗和习惯很可能迅速侵蚀一颗年轻的心。中国社会问题的根源之一，就是太富机心，以至于老谋深算，甚至虚情假意。我不希望你们在经历这些社会现象过程中变得世故、油滑，这是心灵衰老和精神委顿的代名词。"

的确讲得好，情真意切，语重心长。一句话，拒绝庸俗！

不由得，我想起自己在一次毕业典礼上大体异曲同工的致词。我讲了两点。一点是拒绝平庸。我告诉应届毕业生，要做百分之一！一个没有佼佼者没有精神贵族的民族，哪怕再有票子房子车子也是永远站不起来的民族。讲的第二点就是拒绝庸俗，拒入俗流。庸俗和平庸不是一回事，庸俗比平庸可怕得多。《红楼梦》中，宝钗之所以始终没有赢得宝玉的爱情，最根本的原因就是宝玉嫌她小小年纪便入了俗流。作为老师，不希望你们在社会这个庸俗场、这个大染缸里转眼学得趋炎附势八面玲珑钩心斗角投机钻营。诚然，很难要求你们人人都像古之屈子那样具有"举世皆浊我独清"的悲壮而高贵的情怀，也很难人人都像今之史学大师陈寅恪那样即使在黑色十年也敢于坚持"独立之精神自由之思想"，但你们至少可以在心中为自己保留一角未被世俗浸染的园地，一分纯真，一分圣洁。人的真正幸福，决不取决于衣香鬓影灯红酒绿西装革履前呼后拥,而取决于静夜烛光中是否拥有安顿灵魂驰骋情思的心间净土。

　　致辞同样引起了长时间的热烈掌声。这让我深深觉得,树们并不寂寞——树们鸟们都志在拒绝庸俗。

（2012.6.30）

惊心动魄的七个字

　　大半生过去了。借用王道乾译玛格丽特·杜拉斯《情人》开篇第一句话：我已经老了。老了，往往意味一个人已不再满怀激情眺望喷薄欲出的朝日，而更多地留恋西方天际那缕淡淡的夕晖。抑或，他已开始自觉不自觉地频频回顾来时路上所经历的人与事。至少我已经到了这样的人生阶段。而当我回顾的时候，每每生出这样的感慨：迄今为止自己最大的幸运，莫过于有幸接触并受惠于许多高洁的灵魂。这里只说其一。

　　时间要回溯到一九七五年。吉林大学毕业后我自愿南下广州。想不到报到单位却是一家航务工程设计研究院，在那里的小情报室翻译科技资料。因"文革"只学过初一代数的我要面对许多全然莫名其妙的数理化原理和活见鬼的水泥承重系数。你完全可以想象这对于一个去花城寻梦的文学青年打击是多么沉重。毫不夸张地说，那三四年是我人生中最黑暗最徒劳的岁月。求告无门，万念俱灰。但觉苦海无边，不知何处是岸。

一九七九年我报考了研究生。那时不比现在，日语方面有硕士学位授予权的只有北大、复旦和我的母校吉林大学三家。我决定投考母校，指望母校收容我这个沦落天涯的回头浪子。因手头几乎没有任何参考书，我就把两块砖头厚的2260页日汉大辞典一页页背将下去。那时毕竟年轻，记忆力较好，背罢掩卷，觉得天底下的日语词汇没有我不知晓的了。披挂上马，奋然出阵。笔试旗开得胜，成绩拔得头筹，口试成绩则要倒数来得快——毕业后三四年我几乎没有讲口语的机会，同留校任教的当年同窗相比，明显差了一截。以致最后出现了这样的场面：主考官用日语问其他四名考官：要，还是不要？沉默有顷。沉默中一位考官缓缓开口："这个人我要定了！"

"这个人我要定了"——就因了这七个字，我的人生指针实现了一百八十度转弯，从此指向光荣与梦想。就因了这七个字，我在"生还是死，这是个问题"之际得以死里逃生。难怪后来一位室友在告诉我这一录取细节后补充一句："你小子，好险啊！"那真是惊心动魄的七个字。而说出这七个字的考官，就是我的导师、恩师。那年他六十五岁。

如今回想起来，同专业知识以至治学方法相比，恩师对我的影响主要在人格方面。恩师当年是作为"满洲国"未来精英被派去日本留学的，从高中到大学留日八载。而回国后即投入反满抗日运动，被关东军投入监狱，过电、灌辣椒水、坐老虎凳；抗战胜利后曾任国民党长春市党部书记，据说受过蒋介石的接见，但在目睹国民党腐败之后转而暗中帮助共产党，又被国民党投入监狱；"文革"十年宁可自己置身险境而拒绝检举揭发，不屑于同趋炎附势落井下石的丑类为伍——恩师毕生以追求真理与正义为己任，温文尔雅而铁骨铮铮，在任何情况下都守护了自己看重的气节、操守与良知。可以说，恩师以那七个字改变了我的生命之舟的航向，以其铮铮铁骨铸就的人格魅力为我确立了生命航程的坐标。

　　恩师于一九九四年四月遽归道山。尔来十七年矣。黄海夜雨，灯火阑珊，四顾苍茫，音容宛在。在此请允许我写下恩师的三个字姓名：王长新教授。这也是我国最早也是唯一用日文撰写的《日本文学史》作者和《日本学辞典》主编的名字。

（2011.9.1）

复旦的心灵

看了复旦大学校长杨玉良教授在 2011 届本科毕业生典礼上的讲话。讲话很长，足有四五千字，但长而不烦的讲话也是有的，杨校长即是一例。令我这个在校长治下任教三十年的大学教员不无惊诧的是，作为体制内的副部级高级官员，杨校长讲话完全没有官话，没有体制话语，一句也没有。他反复强调的是心灵、复旦的心灵。

为此他引用了哲学家、数学家 A.N.Whitehead 的话（大意）：抛开教科书和听课笔记，忘记了为考试所牢记、所背的一切，剩下的东西才是最有价值的，剩下的东西才真正能够被称为是教育的。——杨校长认为，对于复旦，这剩下的东西应该是一颗自由而严谨、真诚而脱俗的心灵，而心灵的严肃和丰富是一切美德之源。同时以一百年前毕业于复旦公学的陈寅恪先生和竺可桢先生——作为复旦校长，他显然引以为自豪——的名言再次紧扣主题。陈寅恪先生谓："士之读书治学，盖将以脱心志于俗谛之桎梏，真理应得以发扬。思想不自由，毋宁死耳。"老浙大竺校长谓："大学是社会之光，不应随波逐流。"

"然而，复旦远未完美！"杨校长话锋一转，"我昨天晚上写发言稿的时候，听说了一件令复旦大学感到羞愧、感到伤感的事情，让我几乎彻夜难眠。……我觉得这件事情非常重要，如果我今天在这里不谈的话，那么我刚才前面说的话将全都是谎言！"

是什么让这位副部级名校之长说出这番话，让他"彻夜难眠"呢？事情其实非常简单和司空见惯。某学院拍毕业照的时候，一位女生回头拾掉下的帽子，不巧快门落下了。摄影师还好，当即补拍了一张。更不巧的是，拾帽女生后来拿到的照片仍然没有她。于是她请求学院加洗那张补拍的照片，发给包括她在内的所有同学。遗憾的是，学院有人说这是照相馆的责任，不是学院的责任，让学生自己找照相馆交涉。甚至有人认为这位女生小题大做。"我为此十分难过，而且感到愤怒。"杨校长在毕业典礼上说，"学生低头拾帽子难道是她自己错了吗？希望同学们所拿到的照片上有自己，是小题大做吗？试想，照片上缺的不是这位学生，而是我们某学院的院长或书记，又会怎么样？也许你们就会连夜找人印将出来！我不得不把我前面说过的话重复一遍：一颗没有精神家园的心灵，不可能思考自己生命的意义和价值，因此也就不可能对他人有真正的情感关切，不可能对社会有真正的责任心。……我代表学校向那位女同学道歉！"

我敢断言，类似"照片事件"这样的事情在当下吾国大学——"985"也好"211"也好——实在太多了，而像杨校长这样从心灵角度加以考量并且为之"彻夜失眠"和"感到愤怒"的校长又能有几位呢？这个歉道得好，一颗受伤的心灵因之得到呵护和修复。试想，假如那位女生带着一颗受伤的心灵，带着唯独没有自己的毕业照，带着"不是学院的责任"那句冷漠的话离开复旦，离开大学将会怎样？毫无疑问，在杨校长眼里，毕业照可以没有院长、没有校长，但不能没有毕业生，"一个都不能少"！是啊，没有毕业生的毕业照还成其为毕业照吗？

应该说，考虑学生心灵的教育工作者越来越少了。相反，漠视以至伤害学生心灵的教育运作模式却愈演愈烈。作为人所共知的例子，比如本科教学评估时发动学生造假档案，比如让学生自己填写表格上"政治思想表现"栏目，比如个别学校让学生找公司签订子虚乌有的"录用协议书"……哪一样不对学生的心灵造成伤害？哪一样不同"真诚而脱俗"的心灵教育背道而驰？哪一样不比"照片事件"严重得多？而又有多少教师、教育行政人员、校长为此"彻夜失眠"？进一步说来，我们的大学教育是压抑、束缚学生的心灵还是提升、放飞学生的心灵？借用杨校长引用剑桥大学教授 Alan Macfarlane 评价剑桥的话："一个地方能让心灵和想象力展翅飞翔，则必能吸引我们。"请问，我们的大学是这样的地方吗？是以这个吸引我们的吗？

所幸，中国还有追求复旦心灵的复旦校长，这就是希望。在这个意义上，不怕没有剑桥，就怕没有剑桥眼光的教授和校长！

（2011.7.15）

秋天,未名湖畔

秋天。秋天到了,不知不觉之间。

喜欢秋天。春夏秋冬,以女子比之,春天明眸笑靥,顾盼生辉;夏季千娇百媚,仪态万方;入秋洒脱清秀,一洗铅华。云不再低垂,风不送雾霭,月不复朦胧,气不含尘埃。"自古逢秋悲寂寥,我言秋日胜春朝。晴空一鹤排云上,便引诗情到碧霄。"晴空、碧霄、一鹤排云,爽净、潇洒、通透、洗练。我甚至爱它的寂寥——寂寥中自有一种明智,一种了悟,一种达观。花一朵朵敛去,叶一片片飘零,草一棵棵枯黄。绝不留恋缠绵,绝不拖泥带水,毅然决然,义无反顾。是的,热闹过了,繁华过了,辉煌过了,该冷静了,该沉实了,这不是一种达观吗? 秋天,达观的季节。

在这达观的季节,并不达观的我去了北大。北大本身是不是达观我不清楚,但北大这两个字眼分明让人达观不了。

谁家孩子考上了北大，即使眼下，引起的兴奋也未必逊于"范进中举"。而若在北大谋得教职，说夸张些，大体相当于进了"翰林院"。于是乎，没少到处忽悠的我，总想去北大忽悠一场。心想事成，这不，北大找我去讲演，讲讲"东方学研究方法论"。

不知趣的我，刚一开讲就讲出北大人听了未必达观的一番话："北大的价值当然不仅仅在于北大承担了多少国家重大科研项目，吸引了多少各省市高考'状元'，而更在于她的老校长如蔡元培、胡适、傅斯年和马寅初等杰出的知识分子所竖立的精神标杆以及后来的北大学人对其践行和延续的力度。……假如北大果真像钱理群今年五月间指出的那样'正在培养一些精致的利己主义者'，那么北大该如何向其他大学示范、向全国考生和纳税人交代呢？"听众神情肃然，会场一片肃静，静得几乎听得见呼吸声，听得见做笔记的"沙沙"声。讲毕则报以热烈的掌声。照例是花束、签名、合影。大约意犹未尽，第二天又让我讲了一场。来听的人更多，差不多站到门外。互动时提问不止有北大，还有北师大、中国传媒大学以至贵州大学……贵州大学？

走出会场，去外文楼同行办公室参观。燕京大学时代的旧楼，典型的中国风格建筑，气派、庄重、浑厚、华丽，不严而威。里面则大体现代化了。走进北大同行供职的研究所，靠墙一大排书架，另一侧靠墙几张写字台。台前几把转椅，崭新的朱红色椅套。我坐上转了一圈："好新啊,到底是北大!"同行一把拉下转椅的靠背套："这回还新?"我愕然细看,脏兮兮泛黄的泡沫塑料黏着一缕缕旧布条,全然不堪入目。"新椅没钱买,只好买新椅套。"同行坦然笑着解释。

晚间招待我去附近一家中式风格的餐馆吃特色菜,喝"牛栏山"。更让人愕然的是,在这中日关系非常时期,席间竟有一位日本女性,白白净净,文文静静,笑起来毫不掩饰,颇有几分童趣。同行介绍说她是"中国人"了。十八岁来中国,从本科读到博士,博士毕业直接留校,现在是北京大学外国语学院副教授、北京大学日本研究中心研究员。"不是外教,是正式在编的专任副教授,待遇和中国人完全一样,所以说她是'中国人'!"我半信半疑地看着这位"中国人"。她笑着点头,没有像日本人那样欠身鞠躬说"初次见面请多关照"。而且,她也来了一口"牛栏山"——愈发是"中国人"了!但不管怎么说,毕竟是特殊的"中国人",值此特殊时期,席间没有人谈钓鱼岛。其实,从气氛上来看,即使谈钓鱼岛好像也并无不可……

一夜秋雨敲窗,翌日豁然大晴。我早早起床去未名湖散步。湖光,塔影,垂柳,银杏,紫薇花。万里无云,碧空如洗。虽无一鹤排云,但有喜鹊登枝,飞起时随着喳喳两声摇落一片黄叶。恰有阵风吹来,黄叶翩翩然飘向湖面——但见蓝天碧水之间仅此黄叶一片，不黏不滞，了无挂碍。到底秋天了！

秋天的未名湖，秋天的北大。肃静的会场，蒙面转椅，带引号的中国人。不介意批评，不顾忌寒酸，不在乎国籍——北大不负秋天，不负秋天的通透与达观。

（2012.9.30）

冰雪"哈军工"

一场好大的雪覆盖了关东大地。

说起来,我是在东北"雪窝子"里长大的,一年四季,顶数看雪时间长。但在离开雪三十多年后的此时此刻,我才从机舱窗口看出毛泽东《沁园春·雪》"山舞银蛇,原驰蜡象"的具象与动感:连绵起伏的丘陵,确如一条条银蛇腾跃起舞;拔地而起的高山,果然像无数蜡象往来奔驰。毛泽东写这首词时是否在飞机上我不知道,但眼光的高瞻远瞩是不容怀疑的。而我当年雪里爬雪里滚,离雪太近了。何况,我当年考虑的是别冻掉耳朵和如何在雪地上把装满烧柴的爬犁(雪橇)拖回家等远为现实而迫切的问题。进一步说,真正的大象什么样都压根儿没见过,蛇则是夏天突然从草丛中蹿出扬脖吐舌头的家伙。

很快,飞机呼啸着降落在哈尔滨机场,而后乘车往市区赶去。冰天雪地，触目皆白。农田白了，白茫茫的，偶尔有一两棵玉米秆瑟瑟发抖。村庄白了，白皑皑的，只有檐前几串红辣椒和黄玉米勉强证明还有其他颜色存在。树也白了，白花花的，唯独青松仍顽强传达绿的信息。人世间不再花红柳绿，不再搔首弄姿，不再张扬性感。朴实、静谧、洁白、孤独、冷。冬天就应该这个样子，这也才是冬天。我甚至涌起一股久违的阳刚之气，恨不得和谁摔上一跤。男人的季节！

我应邀来哈尔滨一所颇有名气的工科大学讲学。以我的专业特长来说，似乎不应在这样的季节、这样的学府讲学。然而对方偏让我来，让我作为"阳光论坛"的第451位"嘉宾"为大家讲点什么。而且是学生打的电话——学生请老师来，老师怎么好不来呢？

学校果然了得。一千米跑道的特大操场，三座北京大前门样式的教学楼，雄伟壮观，气势非凡。梁思成设计的？不愧是梁思成！于是我进去参观了两座。一座迎门矗立着毛泽东立身塑像，同样气势非凡。另一座天井大厅安放着陈赓大将半身塑像，第一任校长！到底是二十世纪五十年代初的北国建筑，天花板极高，"欲与天公试比高"。走廊极宽，足可开过一辆坦克。上楼参观。某房间门旁墙上嵌一方牌：学校重要历史事件原址一九五七年八月二十四日，全国人大委员会委员长朱德元帅视察本校，到哈军工海军工程系会议室（本室）

召开座谈会。没走几步，又见一方牌：综合导航系统实验室一九六一年八月七日，国防部长林彪元帅视察本校，到哈军工海军工程计算机实验室（本室）参观。毛泽东、陈赓大将、朱德元帅、林彪元帅。出门回头，三个大字赫然入目：核学院！

感佩之余，颇为困惑：晚间讲座，讲什么呢？我觉得我这个存在同刚才目睹的存在之间的距离，已经远远不止一个特大操场，而仿佛横亘着茫无边际的林海雪原。甭说别的，质感就不一样。但我也还是讲了。虽非军人，可毕竟是男人，不能临阵逃脱。我讲了屈原的孤独，讲了陈子昂、李白的孤独，讲了辛弃疾的孤独，讲了"一株是枣树，还有一株也是枣树"的鲁迅的孤独，讲了"一生负气成今日，四海无人对夕阳"的陈寅恪的孤独。并且讲了自己犹如茫茫雪地里的那棵玉米秆的孤独体验。同时讲了村上作品以面对高墙的鸡蛋隐喻的孤独主题，讲了孤独同心灵成长、同时代背景和社会环境的关系——在某种意义上，孤独乃是生命之核，是精神世界中的冰雪。

讲毕进入互动阶段。不少人举手。一个女孩提问了："我其实也想孤独啊，想一个人躲去哪里孤独地看书或发发呆什么的，可班主任横竖不让我孤独，要求必须参加晚自习，一晚不参加都要请假，假又难请……请问林老师，我怎样才能孤独，才能自由自在地独立做自己想做的事呢？"一个男生提问了:"学校有围墙,校外有围墙,墙又很高。老师,我怎样才能做一个既能撞墙又不破碎的鸡蛋啊?"两人都声音不高,语速不快,眼神则十分专注,目不转睛地看着我,火辣辣的,真诚、焦虑、渴望,渴望我这个外地来的老师提供一个答案。我知道,这样的问题对于他和她迫切得多、现实得多——同是冰天雪地,他们考虑的更是如何保护耳朵和如何把爬犁拖回家,一如当年的我自己。或许,这也是年龄使然。所谓成长,莫非就是这么回事?

（2010.12.7）

第四编　诗意正在失去

八十年代：贫穷与奢侈

对于我这样的"50后"和经历过"文革"的人来说，八十年代尤其是值得回首的年代。

那首先是个贫穷的年代。虽说已经改革开放了，但经济生活大体是"文革"的继续。我八二年研究生毕业后南下广州当大学老师，说起来怕你不信，一个月工资71.5元，还不如现在半天的薪水！71.5元买东西，一是买不着，猪肉鱼肉等副食品仍凭票供应，一张票买二三两肉或一个鱼头鱼尾什么的；二是买不起。广州毗邻港澳，居民大多有外币汇入（时称"南风窗"），物价偏高。说出来你别见笑，我大体是穿着在学校西门外地摊上买的衣衫裤子上台给港澳生、侨生讲课的。一次学生请我去郊外旅游，买了软包装饮料给我，而我竟不知道怎么喝到嘴里——不知道把塑料管插进锡纸孔往嘴里吸，还是一个调皮鬼漂亮女生笑嘻嘻帮我解围的："林老师我的林老师,瞧你瞧你,你也太书呆子了!"还有,八五年我翻译了二十八集日本电视连续剧《命运》,译一集播一集。因为没有电视机,播出后只好到一位年纪大些的同事家里看,伸长脖子看自己翻译成的中国话如何经配音从山口百惠和太岛茂等日本人嘴里出来。两位香港来的男生知道了,半夜敲门给我从香港背回一台彩电——彩电!——拿到稿费后(每集50元)才好歹把钱还上。

但同时那又是个奢侈的年代。说起来同样怕你不信,八二年从吉林大学研究生院毕业时只有一个选择——其实那已谈不上选择——只有当大学老师一条路。中山大学要我,而学校把我分去暨南大学。因为后者当时没有日语专业,我就闹着要去中山大学。还为此在晚饭后散步时一拐脚找到研究生处处长家,坐在床沿上照腹稿同她理论了一番,她一边收拾碗筷一边笑着劝我别闹,哄我说去那里一定有好果果吃。"那是国务院侨办系统的指标。听说你女朋友在广州,你不去谁去?何况绝对是好学校!"说实话,我不过是"工农兵学员"出身的文学硕士,而同现在的博士们——海归也罢本土也罢——毕业后甚至求告无门的状况相比,你不觉得这太奢侈了?

奢侈的还不止此一桩。去暨南大学一看,原来学校董事长是当时国务院侨办主任廖承志,校长是时任广东省省长的梁灵光。我的顶头上司(我几乎去了就当日语教研室主任)即外语系主任是广东省人大常委会副主任曾昭科教授,系副主任是我国著名的英国文学翻译家、诗人翁显良先生,系里就主办一本全国发行的刊物《世界文艺》,四九年以前连大名鼎鼎的钱钟书都是系里的普通教员。相邻的中文系也不示弱,记得学生里出了个诗人汪国真,弄得全国男女高中生都拿着小本本抄他的诗,感动得一塌糊涂。如何,无论在哪个意义上都够奢侈的吧?而更奢侈的是,当时大学还远远没有官场化,那位副部长级系主任时不时自己拖一把硬板凳坐在我身旁商量筹办日语专业,亲热地一口一个"小林、林老师……"。而现在我都成"老林、林教授"了,也没见哪一位副部级自己拖椅过来跟我寒暄。奢侈啊,奢侈之至! "士为知己者死",你说我能不好好干好好玩吗!

好好玩也罢不好好玩也罢,还真给那位研究生处长言中了,这所大学还真给了我好果果吃:我八二年去暨大,八五年就被破格提拔为副教授。据说是当时广东省最年轻的文科副教授,名字上了《羊城晚报》,学校八十周年校庆特刊画报也为之留了一席之地。都说广东人排外,至少我没感觉到。又过了几年要慨然提我任正教授的时候,非我说谎,我谢绝了。两个原因,一是我觉得自己实力不够,当了教授还一问三不知,岂不等于将自己置炉火上烤,"人贵有自知之明";二是研究生时代我的年老导师和我敬重的好几位德高望重的老前辈当时也都还是副教授或副研究员,我一个后生小子怎么好意思冲到前面当教授,叫我何颜见江东父老!但不管怎样,拱手相送的正高职称曾被拒绝,无论之于我还是之于那个年代,都无疑是一种奢侈。如今想来,那个年代也真是可爱。

这就是八十年代,这就是八十年代的我以至我们每一个人,曾经贫穷,曾经奢侈。而作为二者的内容,不觉得现在好像有些颠倒过来了?

（2011.7.28）

文化回眸:《独唱团》与"羊羔体"

好歹算是个文化人,年终岁尾,总要回头看两眼一年来的文化景观。文化当然是繁荣的,仅文化热点就可捡几箩筐。这里只说两点,一是《独唱团》,二是"羊羔体"。这是因为,二者都多少和我沾边,并且可以从中提取耐人寻味的某种信息或某种教训。

说实话,倘若不是因为《独唱团》里面有我一篇《为了破碎的鸡蛋》,以我这样的年纪,未必特意买这本书。而此刻这本书就在我的案头:牛皮纸,一色黑字。下端密密麻麻,颇有范氏墨味的"独唱团"三个字孤独地悬在右上角,犹如沙漠上空三个不明飞行物。而我更对牛皮纸有兴致。粗糙的质感,古旧的气息。注视时间里,脑海倏然浮现出儿时乡下老屋的对开板门和木格窗棂贴了一年的窗纸。很难想象出自作为时尚符号的韩寒之手。但就是这样一本一百多页的书半年来始终摆在市区书城和机场书摊抢眼的位置，名列畅销书榜。平心而论，我并不认为书中文字的艺术性多么炉火纯青，内容更谈不上多么振聋发聩石破天惊，作者阵容也未必光彩夺目虎虎生威。然而这本牛皮纸做封面的书硬是这么"牛"，"独唱团"硬是引起了此起彼伏的合唱之声。为什么呢？

　　韩寒因素当然是第一位的。纵使一切原封不动，而若主编署以敝人姓名，不用说，书也将如沙漠里的泉水，刚涌出来就渗进去不见了。但不仅仅这一个原因，我想此外至少还有一个原因，那就是它为这个平庸的年代提供了——尽管不一定高明和正确——精神的另一种存在形式。套用那位伟大思想家的话说，玫瑰花和紫罗兰在这里并没散发出同样的芳香。毫无疑问，精神的存在形式不可定于一尊，芳香越多越好，调子越杂越好，无论是合唱还是独唱，无论是主流还是边缘。唯其如此，这个世界才会千变万化赏心悦目。事实上这种精神的独唱或其边缘存在形式也使无数读者产生了共鸣。

　　与此相比，由中国作协主持评选的鲁迅文学奖显然处于主流位置，但"羊羔体"的出现表明，人们对主流做派并不买账。作为获奖者之一的武汉市委纪委书记车延高同志为此感到委屈："如果官员都不热爱文化，不是好事。"他举例说，唐太宗李世民、女皇武则天写过诗，毛泽东、周恩来、陈毅也写过诗，国外的丘吉尔、密特朗也都写过文学作品。言外之意，为什么我一个小小的局级纪委书记写诗——每天早上五点四十分苦苦写到七点四十分——就写出了毛病、写出了什么"羊羔体"呢？不错，车延高说的句句属实。作为官员，热爱文化、热爱文学、热爱诗比热爱钱财酒色不知好多少倍。我也认为一个人只要还热爱文学，就不会坏到哪里去。风雅总比"风流"好，写诗总比写"局长日记"好。问题显然不在这里。换言之，车延高诗写的好坏并不重要。重要的是他不该在这样一个时代的这样一个时期获奖——人们普遍担忧官员获奖会有损鲁迅文学奖的公正性和严肃性，有辱鲁迅二字的喻义。这里面诚然有"向往温暖"，向往纯洁的善良愿望，但深层次的原因恐怕在于人们对于官员坚定而执拗的不信任。也就是说，"羊羔体"不过是"沉默的羔羊"一次集体情绪释放，车延高不过是"替罪羊"罢了。而这能怪国民或老百姓们偏执吗？

在这个意义上，《独唱团》也罢"羊羔体"也好，其中包含的信息已然超越了文化、文化热点本身，而透示出了社会热点问题。

为政临民，可不慎乎？

（2010.12.18）

诗意正在失去

　　海德格尔说："人类，充满劳绩，诗意地栖居在大地上。"但是，当大地本身失去诗意的时候，人类还能诗意地栖居吗？

　　作为现实，诗意正在失去，正在从大地上的城市失去。即使不搞摄影的人，想必也都知晓金乌西坠时分的夕晖是一天中最富诗意的。金色的夕晖从镶着金边的晚霞中泼洒下来，如祖母慈祥的目光，如少女娇柔的秋波，如婴儿寻找母亲的视线。在她的感召和抚摸下，纵使刚刚厮杀过的战场，也会显得温情脉脉仪态万方。更不消说远山、田野、村落和路旁的野花了。可是我们城里人还能看到夕晖和夕晖下泛着迷人光彩的景物吗？

　　同是城里人，古人还是幸运的。"落日楼头，断鸿声里，江南游子。把吴钩看了，栏杆拍遍，无人会，登临意。"在楼头还能望见远方天际的落日，还能听见失群鸿雁的悲鸣，从而生出充满诗意的悲凉感与孤独感，生出壮志难酬的家国情怀。而作为今人的我们看到的是什么呢？霓虹灯、广告灯、楼灯、路灯、监视灯，唯独没有落日余晖；听到的又是什么呢？车轮声、喇叭声、空调声、说笑声、叫骂声，唯独没有断鸿声。因而我们感受不到诗意，没有诗意。诗意正在失去，从大地，从眼前，从心中。

也许你说别那么"酸"好不好？没有诗意又怎么了？我活蹦乱跳有吃有喝，活得蛮好嘛！是啊，谁都承认你活得蛮好，但好中又有不好——你可能失去了缥缈而幽邃的情思，失去了广袤而辽远的心灵，失去了感受远古精神遗韵的能力，失去了同悠悠上苍对话的契机。你可能感时见花而不溅泪，恨别闻鸟而不惊心。窃以为，一个人可以不会写诗——如果人人都来个李白斗酒诗百篇，这个世界怕也乱套了——但不应该没有诗意，不懂诗意。已故北大中文系教授、著名诗人和唐诗专家林庚先生退休后还讲过一次课，为了告诉学生什么是诗："什么是诗？诗的本质就是发现。诗人要永远像婴儿一样，睁大了好奇的眼睛，去看周围的世界，去发现世界的新的美。"反言之，倘若失去了诗，失去了诗意情怀，就意味着失去了观察和发现新的美的眼睛，成为对世界的新的美无动于衷的失明者，而那样的人生算是怎样的人生呢？可以断言，那虚无缥缈可有可无的诗意，有的时候恰恰是你此生最为宝贵的财富，甚至是在前方等待你的你本身。

朱自强，我国知名儿童文学专家、我的大学同事和友人，一次他对我说他的儿童文学研究和创作始于他的儿童体验——小时候他常在家乡的小河里玩耍。那光脚踩过的滑溜溜的鹅卵石，那擦着踝骨腿肚游动的小鱼小虾，那河边葳蕤的水草和水草上方盘旋的红脑袋蜻蜓……如果没有那条小河，就没有之于他的儿童文学。因为，儿童文学——创作也罢研究也罢——需要儿童、婴儿的眼睛，婴儿的眼睛即是诗，是感受和捕捉"新的美"的最敏感的镜头。

其实我也应该感谢家乡的小河，感谢小河里无数逗号般的小蝌蚪，感谢河边舒展的田野和白丝手帕般飘浮的雾霭，感谢小河下游山冈上那绚丽的晚霞和金灿灿的夕晖。是的，夕晖，非我事后夸张，如果没有那缕夕晖，我恐怕很难保证自己不会在"文革"蹉跎岁月中沉沦。记得傍晚集体务农收工路上，我时不时独自坐在山岗上久久望着西方天际的夕晖发呆，隐约觉得那里面有什么东西在呼唤我激励我，让我卷起打补丁的裤管，扛起锄头回家把夕晖写成诗，写进日记……可以说，是家乡的小河和夕晖给了我对未来朦胧的憧憬，给了我文学之梦，给了诗意和美。而诗意和美无疑是对苦难和现实的一种超度与救赎。我猜想，任何一位有心的读者，大概都可以从我今日文字中依稀发现那条小河、那缕夕晖的淡影。在某种意义上，只有它们才是我的珍藏，我因之比许多人富有，因之有了傲视权贵的自尊和勇气。

在这点上，我觉得如今城里的孩子们反倒是贫穷和不幸的。没有摸鱼的小河，没有打滚的山坡，没有捉迷藏的干草垛，没有爬树摘的山核桃，没有镰刀样的新月，没有爆豆般的星星，没有黄瓜架下的萤火虫……那么有的是什么呢？有遥控的电动玩具，有幼儿园墙上的长颈鹿，有红衣服白胡子圣诞老人，有虚拟的唐老鸭和喜羊羊，有触摸式 ABCD 学习机，有背不动的书包和做不完的习题……这些或许关乎智力，但不关乎诗意。

但这能怪孩子们吗？君不见，诗意正在从我们栖居的城市中失去。

（2012.3.4）

"处长"和我：谁错了？

　　时隔两年，日本作家片山恭一再次到中国来了。此君曾以《在世界中心呼唤爱》单本销量超过《挪威的森林》而在日本创造了一个文坛神话。影响所及，青岛出版社前不久集中出了10卷本中译片山作品集，为此在北京开了片山文学研讨会，我也应邀参加了。一切结束后，顿感一身轻松，真想在古都中心来个"呼唤爱"。翌日下午两点的返程航班，整个上午没事。也巧，出了酒店往左一拐不远就是"皇城根遗址公园"。说是公园，其实就是两条路中间一条宽些的绿化带。倒是正合吾意，我兴冲冲走了进去。

　　垂柳，白杨，青松，银杏。花香早已逝去的丁香，花香月月持续的月季。长椅，凉亭，曲径通幽，鸟鸣啁啾。阳光透过半浓半淡的尘霾懒洋洋播撒下来，我不由得懒洋洋放慢了脚步。紧张活动后的休憩真叫惬意，休说皇城根遗址公园，即使天根戈壁滩都能让我眉开眼笑。我恨不得弯腰吻一口坐着小手推车从身旁经过的可爱的婴儿,更想伸臂拥抱骄傲得像斗胜的小公鸡似的漂亮少女。但终究作罢,一个外地来的半大老头儿,吓哭人家怎么办?

走了二十来分钟,走到头了。前面一路横陈。隔路打量,对面怎么看也没有"可续性"了。却又不甘心马上回头。于是右拐,沿路前行。还好,路旁建筑以旧民居样式居多。片刻,见得一座王府或寺院风格的古建筑,墙上嵌有文物保护单位铜匾。由于爬山虎遮掩,只看出"僧格林沁"字样。僧格林沁?这位清末蒙古族亲王虽然终生与农民起义军作对,但他毕竟曾在大沽炮台轰跑了英法舰队。加上铜匾旁边的大门柱上挂着写有东城区教育委员会某部门的白底黑字长木牌,而我又正好是教育工作者,一家人,遂趁门卫低头喝茶之机大模大样走了进去。

果是王府建筑,宽大的四合院,正房雕梁画栋,厢房画栋雕梁,尽皆粉刷一新,窗明几净。院内假山喷水,花木扶疏。不坏,亲王比教授阔多了。钻过左侧月亮门,里面有几株我没见过的树,树上结的果颇像孙猴子当年偷吃的人参果。据说吃人参果可保长生不老,我虽已老了,但老了长生也好。是不是该偷摘一个尝尝呢?猴子摘得,人摘不得?正迟疑间,忽然有人问"你找谁?"抬头一看,眼前站着一位四十光景的男性,标准的官员夏季常服:熨烫过的白衬衫,带裤线的藏青西裤,头发条分缕析,油光锃亮,和脚上的黑皮鞋相映生辉。肚皮介于微凸与半凸之间,表情介于威严与恭顺之间。给我的总体印象可以概括为四个字:煞有介事。典型的处长形象。我坦言相告:不找谁,进来看看。"如果不找谁,还是请您出去,这里是办公地点……"他陡然收起温顺,尽显威严。不过语气还是客气的,并且用的是敬语"您"。看来此君愈发是处长了。厅司局长日理万机,无暇管这等小事,科长上挤下压焦头烂额,无此闲心,唯独处长有时间在细节上表现自己的敬业或权威。我不甘心出去,说想看看什么树什么果。他以迎宾小姐的姿势伸出胳膊:"您就别看是什么果了,请请,请您出去……"他后退一步,让我先走。我当然不是省油的灯:"您先走,别像押着我似的。"他倒还恭顺:"好好,您押着我!"这么着,我"押"着这位"处长"往外走。他边走边问"是门卫让您进来的?"我说您千万别追究门卫的责任,是我自己悄悄溜进来的。随即,借着昨天研讨会上的余威,以发言的语气开导"处长":如今不是冷战时代了,也不是"阶级斗争一抓就灵"的时期了,人与人之间还是多一分友爱少一分戒心为好……他不再言语,兀自快步朝一辆黛蓝色"宝马"商务车走去。我身后随之响起轻快的引擎声……

前后不出两分钟,却使得我半个上午的美好心情变得不那么美好了。我扭头走回，走回刚才走来的"皇城根"。有点累了，坐在树荫下形状如一大摊牛屎的不锈钢扁球上休息。谁错了呢？"处长"？NO。"处长"在精心维护办公场所的秩序，何况语气、措辞和手势都够礼貌客气，无懈可击，无可挑剔。那么是我错了不成？可我又错在哪里呢？我进的是北京市重点文物保护建筑，既是文物，人皆可览。就算我心怀不轨想偷"人参果"，但毕竟没付诸实施，何错之有？何况我进的又不是公安委员会军事委员会而是教育委员会——教育工作者进教育委员会，岂非理所当然？

　　我继续思索。最后得出的结论是"处长"错了，而且偏偏错在他的"客气"。那分明是一种居高临下的客气，是隐约带有"皇城根"意识的客气——二十一世纪的他没准还在"皇城根"下。说白了，我不接受"处长"。

（2012.9.7）

我的另两只眼睛

　　说来也真是幸运，近两年来，不时有发表在报纸上的文章被《读者》《青年文摘》和《杂文选刊》等刊物转载。遂有朋友问我写这类杂文或随笔的缘由。我十分乐意就此谈几句。

　　许多人都知道我在大学里教书，是个教书匠；教书之余搞点翻译，又是个翻译匠。无论作为教书匠还是翻译匠，都好像跟写杂文没多大关系，而我写杂文，偏偏与此有关。

　　教书匠当然也要写东西——要写教学论文或学术论文。借用易中天教授的说法，大学成了养鸡场，不但规定教授一年下几个蛋即规定写论文的数量，而且规定下蛋的地方，即要下在权威刊物核心刊物上面等等。可话又说回来，只要你乖乖下蛋而且乖乖下在指定位置，大学对你还是不错的——保你有奖金，有职称，甚至有行政头衔和种种荣誉称号。也就是说，只要你在体制内按其游戏规则乖乖跟着走跟着玩，基本可以保证衣食无忧甚或名利双收加官晋爵。实际上我周围也不乏其人，他们是校园的骄子、体制的宠儿，香车宝马的拥有者，十足的中产阶级。但问题是，这样就算好的教授，尤其好的文科教授了吗？就算"铁肩担道义"，就算"心事浩茫连广宇"，就算"仰望星空"的知识分子了吗？应该说，教授一是专业人士，一是知识分子。作为专业人士，他要把自己的专业知识传授给学生，同时进行专业领域的研究；而作为真正意义上的知识分子，他必须体现社会和时代的良知。失去良知，知识分子无非是有知识的俗物，教授无非是有教授职称的市侩而已。借用钱理群教授的话，无非是"一些精致的利己主义者"罢了。一句话，校园缺少了什么。于是我开始不自量力地追求大学校园中缺少的东西——追求大学之道、为师之道、为学之道。同时走出校园，诉求社会正义与良知，诉求文化乡愁。

是的，乡愁。而且，由于我是乡下出身的教授，总是忘不了养育自己的故乡，忘不了故乡的父母，忘不了故乡的乡亲和那里一草一木。这样，除了宏大的文化乡愁，又多了关乎生身故乡的切切实实的乡愁，即故园之思。而这样的乡愁，无论我们置身何处，无论我们怀有怎样的信仰和世界观，都会从深处从远处一点点温暖我们的心，比如杏花，比如杏花春雨。春雨很小，很细，如烟，如丝，温馨，迷蒙，若有若无，正是乡愁的物化。杏花，无疑代表故乡的村落和老屋。或谓"沾衣欲湿杏花雨,吹面不寒杨柳风";或谓"借问酒家何处有,牧童遥指杏花村";或谓"杏树坛边渔父,桃花源里人家"……故园之思,游子之情,羁旅之苦,于此尽矣。万井笙歌,一樽风月,不足以化解;千里莼羹,西风鲈脍,莫能比之也。可以说,始于大学之道的正义与良知的诉求,始于故园之思的文化乡愁的呼唤,是我的杂文的两只眼睛,或者说是我另外拥有的两只眼睛。而这都与我的教书匠身份,尤其乡下教书匠的身份有关。

我所以开始写杂文,还有一个不大不小的理由——当然也是不自量力——刚才说了,我除了是教书匠,还是个翻译匠,翻译的书足有六七十本,仅村上春树的就有四十多本。容我再次滥用那个生蛋比喻,就是把村上用日文生的蛋慢慢变成中文蛋,而且要变得一模一样。人家是双黄的,我也要双黄的,人家是红皮带麻子的,我也不能弄白皮带条纹的,你说苦不苦?何况日本东京一所著名学府还有一位朋友目光炯炯地盯着,一会儿说我的翻译"美化"了,一会儿说"庸俗"化了,又一会儿说"文语书面语"化了。说"鸡蛋里挑骨头"未免有失风度,但芒刺在背甚或躺着中枪的感觉的确是有一些的。于是我暗暗发誓,咱自己写写看! "子规夜半犹啼血,不信东风唤不回"。况且这方面老前辈早已做出了榜样,如我的本家林琴南、林语堂以及周氏兄弟和冰心、杨绛、丰子恺等人,都是集翻译家与作家于一身的大家。我何不也试试呢? 成不成另当别论,试试的价值总是有的——几年下来,这个野心也催生了三四百篇散文、随笔或杂文。

啰唆了半天,忽悠了半天,其实无非一堆"豆腐块"罢了。论思想,谈不上石破天惊;论题材,算不得独辟蹊径;说意境,也未必深邃悠远。唯一可取之处,大约在于语言或文体。这点还是应该感谢我的老伙计村上君的,他一再强调"文体就是一切"。我也认为"文体就是一切"。而这并不意味着我有多么敬业或多么有才,而是因为别无选择:勇者逐鹿中原,称雄一方,智者商海弄潮,腰缠万贯。而文弱迂腐者如我,只好寻章摘句雕虫不止。或者再次借用村上君的说法,甘当一名"文化扫雪工",如此而已。

(2012.9.21)

传播源于爱

　　日本文学家村上春树在他的处女作《且听风吟》中借一位医生之口说道：文明就是传达。假如不能表达什么，就等于并不存在，就是零。"需要表达、传达之事一旦失去，文明即寿终正寝：咔嚓……OFF。"这里，"传达"一词未尝不可以置换为"传播"。尤其在当下信息社会，没有传播，很可能等于什么也没有。在这个意义上，"酒香不怕巷子深"或"响鼓不用重槌敲"的优雅时代已经寿终正寝：咔嚓……OFF。

　　不过，今天我更想说的倒不是传播的重要，而是传播的目的，即传播源于什么。作为结论，一是源于利，一是源于爱。源于利者，最典型的莫过于广告。例如化妆品广告，你可别以为人家多么关心你的脸蛋——关心你的脸蛋的人固然有，但那绝不会是广告商，除非广告商或广告主是你的男朋友——人家关心的是广告带来的利润。当然一般说来，广告也不会纯属胡说八道，至少买来抹了不大可能一下子使你变成女猪八戒或女孙悟空。至于会不会使你变成猪八戒念念不忘的高老庄女朋友，谁也不敢打保票。不过从根本上说，作为我可是不相信化妆品的。脸蛋是上天的作品，舶来化学制剂再高明也不可能改写上天的作品，哪怕是明显差劲儿的作品。试问，西施等古代四大美女哪个涂抹什么"资生堂"了？那不是"资生"，是天生，天生丽质。

那么源于爱的传播有没有呢？姑且让我们把目光从女孩脸蛋移去路边草丛中的蒲公英。应该说，假如一株蒲公英不开花结籽，它的毛茸茸的绒球上的一把把小伞不随风传播，那么它就失去了存在的意义。这是因为，世界将只此一株蒲公英。而当这株蒲公英"寿终正寝"之时，蒲公英在世界上将永远"OFF"。而蒲公英之所以传播，是因为要留下后代。为什么要留下后代？因为爱！因为天性之爱、爱之天性。也就是说，源于爱的后代传播是蒲公英唯一的生命动力、存在目的。于是，一把把小巧玲珑的小伞带着母亲的爱飞向田野，飞向山坡，飞向天涯海角。在我眼里，那一把把小伞多么像无数个"L、O、V、E"英文字母啊！你能找出比这更温馨感人的场景？

当然不止蒲公英。对了，前不久我买了一包菠菜籽，找一小块空地种了。也是因为忙乱，忘了浇水。过了二十多天我去看时，它们从干巴巴的土里长出来了。由于缺水，瘦得像一支支自动铅笔芯，叶片小小的，半黄半绿。再细看，发现它们居然开花结籽了。我当过农民，知道开花结籽应是六七十天以后的事。早熟！按理，营养过剩才早熟，比如现在的部分儿童。而它们既缺水又缺肥，为什么早熟呢？我蹲下身子，盯视它们倔强而可怜巴巴的样子。我明白了：它们是想早早传播后代——在严酷的生存条件不允许它们按部就班走完整个生命旅程的情况下，它们决定直扑终点，把不多的营养用来举行爱的仪式。在我如此顿悟的一瞬间，眼前瘦弱矮小的菠菜们仿佛突然变得高大健美起来。

　　写到这里，我忽然想起来了，想起那棵牵牛花。我掏出去年的日本记，翻到暑假在乡下写的一篇日记：早上外出散步，我在邻院篱笆一棵牵牛花前站了很久。牵牛花的主蔓被人拉断了，茎软了，叶蔫了，而一朵粉色的喇叭花却仍然开得那么艳丽！我晓得了，它把最后一点点水分和营养留给了花——那是它的种子，它要传播它的种子。也就是说，它把最后的爱给了它的孩子。这一刻几乎颠覆了我的世界观：除了上天，谁能给牵牛花输入如此无私、如此圣洁的感情信息？我回家取来照相机，把牵牛花的爱收进镜头。随后连同上面的几句话挂上微博，当即收到几十位"粉丝"的评论，无不赞美牵牛花，为牵牛花的爱所打动。这些仍留在我的新浪微博，发表时间为 2011 年 8 月 12 日。

说起来，二十天多前的五月下旬我有一次故乡之行。长春的东北师范大学邀我前去演讲，讲完当天傍晚我就急匆匆赶回距长春五六十公里的乡下老家。一个主要目的，就是想确认牵牛花去年的爱在今年的物化表现——去年我在自家院子篱笆下栽了几棵牵牛花，几乎爬满了整排篱笆。早晨起来，在东山头几乎平射过来的一缕缕阳光下看那一朵朵噙着露珠的娇滴滴的喇叭花，心情简直美上天了。我知道，牵牛花传播种子的能力很强，每一朵花都会结出一个圆圆的小铃铛，成熟后自动裂开把数粒种子喷撒下来。冬去春来，特意赶回去住一天的我特别想看那些种子今年长出小苗没有。

完全出乎意料，那排木篱下别说牵牛苗，连一棵草也没有，黑乎乎的泥土上面薄薄盖着一层枯黄的草叶或什么叶。原来，前两天被我委托照料院子的弟弟的家人用除草剂沿篱笆根喷了一遍！"牵牛花有什么好看的，单片子喇叭，等不到晌午就蔫了！"对方连小学都没毕业，我能说什么呢？

我瞪大眼珠子里里外外找了好几个来回，总算在里面一个角落找到一棵。两大两小四片三角形嫩叶，一片半也已给除草剂"烫"伤了。我小心培一点点土，浇了一杯水。但愿暑假我回来时它不辜负它母亲的爱，齐刷刷朝天举起粉色或紫色的小喇叭，尽情播放喇叭奏鸣曲……

（2012.6.14）

春天: 伟大的母亲

人们大多把春天称为春姑娘, 而我更想说春天是母亲, 一位再伟大不过的母亲。据《中国国家地理》, 她每年早早从广州出发, 十六天到达长沙, 二十三天到达武汉, 四十天到达郑州, 五十六天到达北京, 六十三天到达沈阳, 七十六天到达哈尔滨, 九十九天到达漠河。晓行夜宿, 风雨兼程, 平均日行三十三公里。不出百日走完三千三百公里旅程, 次第横跨三十个纬度。路上无人设宴欢送, 无人接风洗尘, 无人摇旗呐喊, 无人擂鼓助威, 但也没有什么能够阻挡她巨大的身影和坚定的脚步。一路唤醒众生, 一路催生万物, 一路扫荡肃杀之气, 一路洒下勃勃生机。所到之处, 但见百花竞放, 芳草萋萋, 冰雪消融, 万象更新。一句话, 她带来了生命。而带来生命的, 只有母亲。汉代刘熙《释名》云, "春, 蠢也。动而生也"。若无春天这位慈母, 万物将僵止不动, 更无新的生命降生。一年四季,春夏秋冬,唯春为大,唯春为重。假如我有宗教信仰,春天就是我的天国,我的上帝。

或许你说广州是骑在北回归线上的南国都市,终年如夏,何春之有。不然。我在广州生活了二十一载,深知广州也有春天。且以木棉花为例。每当春季来临,它便赶紧抖落一身光色黯然的叶片,随即鼓起小孩拳头大的花蕾,继而放声大笑一般绽开红艳艳的五枚肥硕花瓣,黄嫩嫩的五柱花蕊简直可以同金色的阳光连线。轰轰烈烈,堂堂正正,英风豪气,鼓涌而出。岭南生命的象征,非它莫属。春天母亲的第一胎,非它而何?

九十九天后到达的春之旅终点站漠河,我虽然不曾到达,但同为东北的长春是我的生身故乡。长春大体位于沈阳和哈尔滨的正中间,既然六十三天抵达沈阳而七十六天抵达哈尔滨,那么抵达长春应在第七十天即"五一"前后。春天母亲尽管岭南塞北关内关外持续跋涉了七十昼夜,但到达长春时仍毫无倦意。只见她长袖一挥,顷刻间绿柳拂窗,白杨飞絮,丁香满城——无数紫色的丁香花穗脱袖而出。大街小巷,房前屋后,一簇簇一片片,轻盈盈,密匝匝,紫云横陈,香阵冲天。那是生命的集体漫溢和喷发。毫无疑问,若无春天母亲的光临,长春这个北国春城之称势必沦为永远的 irony(反讽)。

青岛,我现在生活的城市,该说青岛了。《中国国家地理》

所以没提这座不无"小资"情调的可爱城市,肯定不会是有意忽略,而可能因为一来青岛不在春天母亲北上的主干道上,二来青岛物候表情不具代表性。我猜想,春天可能在快到北京的时候忽然想起什么,拐弯回头来看一下这座港城。这么着,青岛的春天比北京还晚。寒假后开学上课路上我就注意了,三月一日蔷薇开始鼓蕾冒芽,而到四月一日仍未长出像样的叶片。即使五月一日,合欢树仍在沉睡,半点也不见欢乐的样子;刺槐则刚刚睡醒,枝条多少有了重量感;叶子本来最大的法国梧桐也才勉强张开婴儿般的小手。所幸迎春花在三月中下旬就按捺不住了,葳蕤的枝条羞答答甩出楚楚可怜的小黄花。大约是其妹妹的连翘却大方得很,跟在后头燃起一团团黄色的火焰。再往后,差不多就是粉白色的单樱了。这家伙爽快,"哗"地开了,云蒸霞蔚;"哗"地落了,一路花雨。应该是最为率性调皮的春之骄子。

说起来,今春我最是同樱花无缘。四月上旬身在武汉,落英缤纷;中旬人到杭州,缤纷落樱;下旬返回青岛,勉强踩上单樱的尾巴尖。但也因此得以比较大体同一时节的三地春光差异。武汉热烈,如未谙世事的野丫头;杭州妩媚,如情窦初开的少女;青岛含蓄,如初为人妻的少妇。恰如母亲的三个阶段。以画比之,武汉是油画,杭州是工笔画,青岛则是水彩画。喏,车过八大关,从一个个路口巷口往里望去:丁香、双樱、玉兰、紫藤,石板路、镂花墙、老式门窗,辅以海面飘来的时浓时淡的水汽雾气,感觉是那么含蓄、氤氲、幽深,令人产生无限向往和遐思——不妨说青岛是春天母亲最懂艺术情调的孩子,或者说是她的孩子笔下最为撩人情思的作品。

"谁言寸草心,报得三春晖"!

(2012.4.30)

麻将PK书：谁输？

世界读书日。谈谈书，读书，看书。

从我的家乡谈起。没人不爱家乡。我也爱，爱那里的青山绿水、大豆高粱、夕阳垂柳，更爱纯朴善良的父老乡亲。但无论怎么爱，我都对家乡的发展不抱多大希望。原因是家乡人不看书。不骗你，真不看书。暑假回乡一个多月，县城不知去了多少次，哪一次也没找见书店。连麦当劳、加州牛肉面甚至星巴克都不止一家，而且像模像样，却死活没有书店。一次找到大约是小时来过的县新华书店所在大致位置，但见到处乱哄哄油光光腻乎乎，一排排一溜溜不知什么店，反正不是书店。书店彻底消失，说句村上式俏皮话，消失得就像被一棍子打丢的记忆，或像小时下河摸鱼从指间溜走的泥鳅。休说书店，连文具店都找得好苦。一次要买稿纸，找遍半座县城才找到。"稿纸？搞什么纸？早都搞电脑了，你还搞纸！"女孩店员像看不丹人一样看着我。好在总算找出千层饼似的两本四百字绿格稿纸。

亲戚们弟妹们也不看书。一次我去一个以前看书并且工作多少和书沾边儿的妹妹家做客,因忽然想起什么,要她找一张像样的纸给我。却左找右找左右找不出,就差没说"搞什么纸",气得我差点儿饭没吃就拂袖而去。也不光弟妹们,弟妹们所在的街道或镇子屯子也没人看书。看男人打架,看女人逛街,看小孩撒尿,看老牛拉屎,看公鸡发情,看蚂蚁上树,偏偏不看书。当然,更多时候是看牌、打扑克、打麻将。尤其打麻将,麻将成风。地无分城乡,人无分男女,关系无分亲疏,辈分无分长幼,但见四角方桌,各据一端,二目专注,十指如梭。时而鸦雀无声,时而举座哗然,时而杯盘狼藉,时而满室硝烟。甚至废寝忘食,挑灯夜战,不知今夕何夕……

如此下去,你说俺的家乡还有希望吗?还有前途吗?

若仅仅我的家乡这样倒也罢了,让人担忧的是不看书已然成为东南西北全国性现象。据中华读书报报道,我国成年人纸质图书阅读率,1999 年为 60.4%,2001 年为 54.2%,2003 年为 51.7%,2005 年为 48.7%,2007 年为 48.8%,2008 年为 49.3%,2009 年为 50.1%,2010 年为 52.3%。有人统计,犹太人平均每年看书 64 本,美国人平均每年看书 21 本,日本 17 本,而我国 2005 年竟跌破 5 本,为 4.5 本! 2008 年略略回升,为 4.72 本。2009 年又一下子跌到 3.88 本。2010 年稍稍上扬，也才 4.25 本。以色列平均每 4500 人就有一座图书馆。犹太人每家至少有一个书柜，而且书柜必定放在床头而非床尾，因为床尾是脚对着的方向。不少犹太人的墓碑前放着死者生前爱读的书。所以犹太民族有马克思有爱因斯坦有卡夫卡，我们没有。十三四亿中国人，足足占了这个星球总人口的五分之一，而犹太人不过六七百万，连咱们的零头都算不上；而若论近现代文明成就，我们连人家的零头都算不上。一个主要原因就是我们不读书。另据卓越亚马逊的一项调查，高达 49.5% 的人半年内没有读完过一本书。更有 9% 的人称，已经忘记上次读书是什么时候了。注意，我国不是连年大旱老百姓靠吃树皮野菜充饥的非洲的某个国家，也不是战火纷飞的伊拉克和巴勒斯坦，而是社会稳定经济繁荣人民生活基本丰衣足食的并且历史上曾以诗文称雄于世的文明古国和文化大国，然而令人惊诧的是每人每年看书册数竟远远低于文化传统不可同我国相比的美国和日本！整整一年时间看的书居然不到 5 本，这还有可能包括教辅、减肥化妆食谱等书在内。就连我教的作为看书主力的大学生和研究生们都不容乐观。一次给本科生上课时我提起四部古典名著。"四部全读过的请举手！"结果 43 人中无一人举手。减至三部，有一人举手，减至两部，有三人举手。最后减至一部，约有十人举手。于是我想起台湾诗人余光中一句话："当你的情人已改名玛丽,你怎能送她一首菩萨蛮?"

曾任阿根廷国家图书馆馆长的著名作家博尔赫斯说道:"如果有天堂,天堂就应该是图书馆的模样。"莫言直言快语:"读书总比打麻将有意思。"温家宝总理则说得语重心长:"一个不读书的人是没有前途的,一个不读书的民族也是没有前途的。"

是啊,打麻将能打出希望打出前途吗? 麻将 PK 书,非输不可。

（2012.4.2）

来生的选择

　　社会学家、人类学家费孝通先生的高足方李莉去美国开会,回来写了一篇《访美手记》。其中最让我动心的,是关于美国市民与野生动物植物友好相处的描述。她说在她住的莱克肖尔(Lakeshore),经常看见成群结队的野鸭浮在湖面。到了晚上,它们往往住进湖边人家的院子。不但没有人抓,就连它们生的蛋也没人捡。不但野鸭蛋没人捡,就连掉在地上的板栗也没有人捡。至于树上的果实就更没人摘了。"小区里有成片的松林,里面常常长满了各种松树菇,居然也没人捡来吃。"为什么呢? 因为要留给野兔和小松鼠当食物。

　　看到这里,我不再看了,放下报纸。脑海随即浮现出最近见到的几幕场景。

　　第一幕,槐树花。槐树是我所居城市最寻常的树种。寓所后面不远的山上就长满了槐树。一到初夏时节,槐树们就忽一下子拎出无数玲珑剔透的乳白色花串,宛如身披婚纱的美丽少女,娉娉婷婷,风姿绰约。清风吹来,香气满山,说"香雪海"绝不夸张。多好啊!然而惨象很快出现:日前上山,眼见很多树枝被生拉硬扯,或弯或断,好端端的树变得皮开肉绽披头散发。有的甚至被拦腰拉断,白花花的树干断茬惊恐地直刺云天。树下男女正一把接一把撸下槐花塞进背囊、塑料袋甚至麻袋——盖因花可食也。退一步说,既然可食,那么轻轻摘几串食也就是了,何必如此大开杀戒?槐树们苦苦熬过了一冬风雪,好歹熬到展示美丽繁育后代的时候了,为什么就不肯放其一条生路呢?

第二幕,樱桃,住宅小区里的樱桃。其实有的还不是真正的樱桃,而是樱花树的变种。本来,樱花落后结出的小果果并不能吃。但今年大约发生变异的关系,有两三棵樱花树的小果果越长越像樱桃了,于是便有人摘,而摘又不好摘,总把树枝拉断。残枝败叶,来回走过,看了让人心疼。昨天一位相识的大妈对我说道:"喏喏,它干吗今年要结樱桃呢?那能结消停吗?自找麻烦!"

第三幕,苦荬菜。大概是苦荬菜吧,星星点点长在草坪上的。开花类似蒲公英,但没有蒲公英花朵那么大那么黄,如一根根纤细的铁丝挑起一朵朵淡黄色的轮状小花,开在绿色的草坪上,倒也别具风情,每每让我想起当年在乡下时村西头那个小姑娘。可是偏偏有两三个中年男女活像当年找地雷的鬼子们似的各拿一把小铲在草坪上低头找来找去，没等开花就挖走了。再过几天就轮到黄白合了——当地人叫黄花菜——那东西真叫高贵，头顶露珠，亭亭玉立，卓尔不群。我敢打赌，那个壮汉肯定一大早就到处巡视，见一朵揪一朵，见两朵掐一对，活活气你个半死！好了，这类事说起来没完，就此打住。

说回野鸭。美国野鸭我没见过，日本的野鸭可是没少见过。十几年前我在长崎一所大学当过三年"外教"。住所旁边有座小山，山下有条河，河里鱼多得不得了，不时蹿出水面来个"鱼跃"，惹得野鸭成群飞来。傍晚时分每每见到放学回来的日本小学生蹲在河边朝野鸭招手："鸭君鸭君鸭太郎鸭宝宝，过来跟我玩啊！"从没看见有谁拿石子瞄准"鸭太郎"的小脑袋。简直是童话，所谓天堂或共产主义，估计也就这个样子了。

而中国呢？小松鼠怕是不至于有人捉来吃，而野兔哪怕再"动如脱兔"也休想逃生，更不可能特意留下板栗供其受用。至于"鸭太郎"，呆头呆脑的，又浑身是肉，保准让它踪影皆无。不信？不信看"农家宴"的食谱好了：连天鹅肉都有！天鹅蛋炒槐树花成了常规菜。此外诸如火烤麻雀串、油炸青蛙腿。有的餐馆居然把孔雀关在门前铁笼里任人点杀……如此这般，有花折之，有树毁之，有鸟捕之，有兽杀之，有山劈之，有水污之，山河社稷，将何以堪！

费孝通那位高足认为美国人之所以同野生动植物友好相处，"只能说明这个国家的人们生活富足，不在乎吃这些东西"。窃以为未必。因为上面说的一幕幕场景也并非发生在吃糠咽菜的二十世纪困难时期和食不果腹的"老少边穷"，而是发生在当下，发生在"人们生活富足"的这座海滨城市的中心区。可我们还是"在乎吃这些东西"。据说越是"生活富足"的阔人越在乎吃野味。何故？盖因缺少爱心，缺少悲悯情怀，缺少对大自然的敬畏，缺少环保意识。

假如真有来生并重新投胎生而为人，我仍然选择中国；而若投生为动植物，我可得投去美国。再差也要设法走后门投去日本。

（2011.6.8）

铁生永生

　　史铁生去世了。十二月三十一日,在二〇一〇年最后一天他送去了生命最后一刻。那天青岛很冷。我一进教室,学生就告诉了这个消息。

　　我和铁生素昧平生,没见过面,没通过信。他未必知道我,但我当然知道他。并且尊敬他,佩服他。在为研究生推荐的不多的课外阅读书目中,就有他的《病隙碎笔》。这不仅仅是因为他的文字之美,还因为他的思想之美、人格之美或生命存在状态之美——我想通过这位残疾人作家让自己的学生在这个流行选美和消费美的时代知道什么是"残疾"什么是美,知道真正的美是不可以消费的。或者莫如说,可以消费的美都不是真正的美。在这个意义上,铁生的《病隙碎笔》已经指导了我的好几届研究生。

　　没想到,铁生去世了! 沉痛之余,心头不由生出别样的寂寞和苍凉。这是因为，我和铁生是同代人，几乎同龄。我一九六八年十二月回乡，他一九六九年一月下乡。同是一九七二年，那一年我告别乡亲，去省城上大学；他则告别陕北，"病退"返回北京。也就是说，我和他同属"新三届"。"老三届"毕竟算是读完了高中，而我们"新三届"初中都没读完。别说同七七年恢复高考后的大学生相比，即使同"老三届"相比，"新三届"日后成才之人也少得可怜，基本溃不成军。而铁生毫无疑问是我们当中的佼佼者，是我引以为自豪的兄长。他的去世，仿佛把我一下子抛到北风呼啸四顾苍茫的旷野之中。

我凝视报纸上铁生的照片。铁生在笑。北方人的笑，兄长式的笑。亲切、平和、开朗、实在。镜片后的眼睛眯成一条线，流露出含蓄的善意。而又带有看透你心底所有秘密的机警和睿智，仿佛在说：你小子，休想忽悠我，你以为你是谁……他双手抬起，是搭在轮椅扶手上吗？身后显然是一扇门——是的，我的好兄长，三十八年来，你始终坐着轮椅往返于一扇门的内外。十二月三十一日那个寒冷的日子，你去了门外再未归来。我知道，你早就看好《再别康桥》那句话：轻轻的我走了，正如我轻轻的来。可是，不知你是否知道，你留下的却是沉重——沉重的哀痛、沉重的悼念、沉重的思绪……

而后，我从书架上轻轻抽出铁生的《病隙碎笔》。关于"病隙"，他在书中说得很清楚：有一回记者问到我的职业，我说是生病，业余写一点东西。读之，我不禁再次为其行文的考究所深深折服。他再次提起地坛：古园寂静，你甚至能感到神明在傲慢地看着你，以风的穿流，以云的变幻，以野草和老树的轻响，以天高地远和时间的均匀与漫长……你只有接受这傲慢的逼迫，曾经和现在都要接受，从那悠久的空寂中听出回答。节奏感，腾挪感，疾弛有秩，长短相宜，甚至注意到了平仄的韵律和对仗的工稳。如流风回雪，却又一泻而下；精雕细刻，却又浑然天成！

尤为可贵的是，铁生总是在文字之美中传递思想之美。电光石火，所在皆是。且俯拾几例：良心的审判，注定的，审判者和被审判者都只能是自己／作恶者怕地狱当真。行善者怕天堂有诈／人所不能者，即是限制，即是残疾，它从来没有离开过／爱情不是出于大脑的明智，而是出于灵魂的牵挂，不是肉身的捕捉或替换，而是灵魂的漫展和相遇／以肉身的不死而求生命的意义，就像以音符的停滞而求音乐的悠扬／上帝是严厉而且温柔的，如果自以为是的人类听不懂这暗示，地球上被删除的终将是什么应该是明显的。

可以说，铁生的文字和他的思想，在争相炫耀碎片以至垃圾的当今时代，宛如没了"贼光"去了火气的年代久远的青瓷罐；在众声喧哗的尘世漩涡中，好像远处教堂管风琴低沉而悠扬的奏鸣；在光怪陆离的各种"神坛"中，仿佛夕晖下安谧古老的地坛。文字之美、思想之美，无疑意味精神之美、灵魂之美。铁生以残疾的肉身，爬上了我们许多躯体健全的人所没有爬上的精神山巅，以缓慢的轮椅，到达了我们许多乘坐"奔驰""宝马"的人所未能到达的灵魂腹地！

铁生永生！

（2011.1.16）

史铁生的母亲

三八妇女节。每年"三八",学院办公室都半开玩笑地送我一份礼物,而我从来没为这个明显不属于自己的节日写过什么。但今年我决定写点什么。写一位早已去世的妇女、一位母亲:史铁生的母亲。实际上我完全没有接触过这位生前住在北京一条胡同里的女性,不知道她的长相,不知道她的姓名和生卒年。我所以在这个曾经属于她的节日写她,是因为史铁生这位她留在这个世上的唯一的儿子,而她的儿子两个多月前也去了那个世界。用铁生的话说,"也许是我妈在叫我回去了。"

大凡节日都喜欢谈论成功。作为成功的女性,我以为大体可以分为两类,一类是她自身光芒四射,另一类是其子女光芒四射。前者如一代才女林徽因,一代名医林巧稚,一代影星林青霞。关于后者,今天我想以铁生的母亲为例。毫无疑问,再伟大的生命也是女性以其十月怀胎的艰辛和一朝分娩的剧痛带到这个世界上来的，并由女性抚育其脆弱的肉体，开启其最初的心智。在这个意义上，成为母亲的女性好比一所学校。副部级也好，"985"也好，"211"也好，都不能决定一所大学是否真正成功，能够决定的仅仅是其毕业生日后的成就。如西南联大，尽管早已消失，但没有人怀疑她是中国迄今最好的大学。盖因短短七年时间就从这所茅屋大学里走出了杨振宁、李政道，走出了邓稼先、朱光亚，走出了几十位院士和数不清的人文大家。

史铁生，这位身体遭遇巨大不幸的当代作家，被誉为"中国文学的幸运"。而这一幸运，首先来自这位作家的母亲。

堪称二十世纪中国散文经典的《我与地坛》由七个短章构成，最让我感动的是第二章——我在这里见到了这位只活了四十九岁的平凡而伟大的女性。铁生说他当时脾气坏到极点，每天发疯一样摇着轮椅去地坛，从地坛回来又中了魔似的什么话都不说。"有一回我摇车出了小院，想起一件什么事又返身回来，看见母亲仍站在原地，还是送我走时的姿势，望着我拐出小院去的那处墙角，对我的回来竟一时没有反应。"去了地坛后，铁生往往在地坛待很久，母亲放心不下，就来地坛找他回去。"她来找我又不想让我发觉，只要见我还好好地在这园子里，她就悄悄转身回去。我看见过几次她的背影。我也看见过几回她四处张望的情景,她视力不好,端着眼镜像在寻找海上的一条船。她没看见我时我已经看见她了,待我看见她她也看见我了我就不去看她,过一会儿我再抬头看她就又看见她缓缓离去的背影。我无法知道有多少回她没有找到我"——儿子返回时母亲"仍站在原地"的身影,儿子不回来时母亲前去寻找的"背影"。这极其平常的细节里有一位女性、一位母亲怎样的关爱和牵挂啊! 正如铁生多年后意识到的,"儿子的不幸在母亲那儿总是要加倍的。她有一个长到二十岁上忽然截瘫了的儿子,这是她唯一的儿子,她情愿截瘫的是自己而不是儿子,可这事无法代替……"

铁生有一部作品叫《好运设计》,其中描述的那位母亲很大程度上就是他自己的母亲,"一个幸运者的母亲必然是一个幸运的母亲,一个明智的母亲,她教育你的方法来自她对一切生灵乃至天地万物的由衷的爱,这样你就会爱她,你就会爱她所爱的这个世界。"事实上铁生也是一个极有爱心的人。他二十一岁截瘫,在轮椅上生活三十八年,透析十三年。但他的作品没有任何阴湿之气,没有怨天尤人的哀叹,而充满明朗的光照、干净的情思和细腻的爱。在生命的最后时刻,铁生捐献了自己的肝脏,救活了一位患者。天津红十字会通知铁生夫人陈希米:史铁生捐赠肝脏的受捐者,因为有了这个充满生命力的肝脏,才能亲眼看见刚出生的孩子。

这就是一位女性、一位母亲的儿子。母亲的爱,儿子的爱!能说这样的女性不是一位成功的伟大的女性吗?如果一个社会只需要职场竞争中成功的女性,那个社会肯定出了问题。

诚然,从物质角度看,母子两人已然消失。母亲去世二三十年了,唯一的儿子也已离开人世。但铁生"是当代中国最好的作家"(陈村语),"写作者的艰苦和光荣,都体现在铁生这里了"(张炜语)。各种闪光灯下的神坛、政坛和论坛终将消失在历史的甚至明后天的迷雾里,唯有"地坛"永远坐落在静静的夕晖中——《我与地坛》将永远向人们讲述一位女性、一位母亲和她的儿子的故事。

(2011.2.28)

中日空姐"比较研究"

　　人生有诸多无聊的事情,坐飞机乃其一。坐动车组,窗外远山近岭、茂林修竹、小桥流水、酒肆茶楼,令人目不暇接。而机舱外永远是天空、云,云、天空。座位又小,转不了身,伸不开腿,不知是人坐椅子还是椅子捉人。卫生间更小,不到忍无可忍的时候谁都不肯去。何况机舱本身都像是哪吒三太子或孙悟空手里的一个包袱,真怕这两个调皮鬼拎得烦了一忽儿甩去哪里。但为了效率只好忍了。是的,坐飞机肯定是为了效率。而效率无疑是最无聊的事情。无聊、焦躁、担忧、无助、郁闷……

　　好在有空姐,空中小姐。在这个意义上,我觉得空姐的价值并不在于她们提供的服务,而在于她们的存在本身,存在即价值。试想,如果没有她们,我们的眼睛往哪里看? 我们的无聊如何化解? 两三个小时没准变成十二三个小时。对于女同胞如何我无从知晓,对于男同胞大体是一种拯救。优雅的举止,洗练的着装,和谐的身段,姣好的脸庞,美目盼兮,巧笑倩兮……带给我们适可而止的浪漫、不能放飞的遐想和萍水相逢的梦幻。她们是机舱的天使,天空的精灵!

无须说,航班的不同,会使空姐身上带有微许地域差异。山航空姐,质朴娇憨,如邻院女孩;南航,矜持大方,不愧是南国"蛮女";东航,娟秀文静,好比江南春雨;国航,端庄温婉,令人联想起"城南旧事"或逝去的美好时光……

偶尔也坐日本航班。或许我研究过中日比较文学的关系,难免就中日空姐比较一番。从身材的高挑和脸蛋的漂亮来说,中国空姐绝对胜出。不是说日本空姐不好看,只是说中国空姐更好看。举个例子。一次从东京飞回青岛,我终于在日航飞机上发现一个极漂亮的空姐。沉鱼落雁,国色天香。惊叹和困惑之间,但见她施施然翩翩然来我身边,未言先笑,轻启朱唇:"您好!"噢,中国女孩!当然,时下日本空姐也会说"您好",但不幸的是,这两个字的发音对日本人来说大体是一种折磨,极少有人发得好。即使发得好的,听起来也类似"你嚓"。所以我一下子就听出来对方是同胞。说实话,我既感到一阵释然,又觉得有些失望。但不管怎样,在这无聊的飞机上有美女上前问好,自是喜出望外。因是日本航空,我当即问她是否入了日本籍,"不,中国籍,阿拉上海人!"我这才得知,我坐的是东航和日航合营的航班，中国空姐只她一个。难怪漂亮的只她一个。这话我当然没说出口。毕竟我旁边坐的就是日本人，万一他听懂了多不好。

不过，两相比较，也有日本空姐胜出的项目。比如勤快，日本空姐更勤快。中国空姐忙过送水送饭两阵子，基本像乘客一样坐在机舱两头不动了。但日本空姐不停地动，像采蜜的工蜂一样带着急切的碎步和隐约的香水味从你身边忽儿飞来忽儿飘去。送毛毯，送靠枕，送这送那。我真佩服她们居然能在这狭小的空间里找出那么多活计。更让我佩服的是，她们的勤快不是事务性不是程序性的，而明显属于"热心"。而且不是一般的热心，用村上春树《去中国的小船》中说中国女孩的说法，她们的热心"大约属于迫近人之存在的根本那一种类"。因了这热心，其勤快就给人一种亲近感。如果说，中国空中小姐带有"空中性"或虚拟性，日本空姐则更带有超越年龄的"姐姐性"或日常性——像姐姐对待弟弟一样对待每一位乘客。

举个这方面的例子。去年夏天乘日本航班回国，吃饭时我前座的一位中年男子一连喝了三小瓶葡萄酒和三听易拉罐啤酒。无论如何也太过分了。若在宾馆倒也罢了，而这毕竟是飞机上的"免费"服务。一开始我还以为他是中国西部去日本推销地瓜干的农民企业主，后来听他讲一口地道的日本语。作为空姐——中国的也罢日本的也罢——这种时候拒绝提供服务大概是不合适的。但我敢打赌,中国空姐肯定笑容一次比一次少,毕竟对方要了六次。那么日本空姐呢? 说笑容一次比一次多未免可疑,但至少没有减少,六次始终如一。而且表现出十足的"姐姐性"——就好像姐姐对待从外面淘气回来饿瘪肚子的弟弟,仿佛在说:"喝吧,想喝多少喝多少,喝多少姐姐都有! 这东西不就是喝的吗! 喝!"

（2011.3.26）

空姐和"语言学教授"

　　飞机,机舱。机舱广播:"飞机大约20分钟左右之后降落在广州白云机场。现已开始下降。请大家确认安全带已经系好。"刚才擦我肩膀娉娉婷婷走过的年轻空姐的语声。语声和她的长相同样甜美。甜美之余,有什么轻轻碰了一下我的某根神经,让我产生轻微的困惑和不快。那是什么呢? 继英语之后,同样的语声很快又播了一遍。我明白了,语病! 是空姐的语病碰了我这个作为翻译匠和半拉子作家不无敏感的神经。"大约20分钟左右"——既用"大约",何需"左右";"确认安全带已经系好"——既已"系好",何需"确认"? 措辞之误。正确说法应为"确认安全带是否系好"。

　　须知飞机是最讲究精确度的交通工具。机械的精确度,电子的精确度,飞行的精确度。云霄之上,天地之间,风雷之中,稍有误差,不堪设想。广播用语也该精确。虽说此种语病不至于影响飞行安全,但多少影响乘客对飞机整体的信赖感和愉悦感。事实上我也产生了轻度不悦。是的,一切都应一丝不苟精确无误。何况作为地面日常生活用语也未必一再有此失误。机舱专用术语?专属语病?

广播完后,那位空姐又带着妩媚而又不失矜持的机舱专用笑容走来了。我提前把肩膀约略缩回。我很想指出她的这个错误,但终究作罢。偌大的"空客"机舱,我一个老大不小的男人霍地站起来指出年轻女孩的错误,场景的尴尬肯定不亚于课堂上一个女生突然起身指责我这个教授日语某个发音不准。再说对方太漂亮了,漂亮得足以使天下所有男人原谅她的所有错误。何况又是微乎其微的用词错误。说不定大家以为不是她有语病,而是我有某种病。得得!

转念细想,没准真是我有病——有语言"洁癖"。往下"大约20分钟左右"时间里我至少不快了18.5分钟。20分钟后飞机以极其精确的姿势着陆,颠都没颠一下。喏,精确就是好!作为飞行员,这也未尝不是"洁癖"。

停稳下机。也巧,出得舱门,见那位播音空姐站在舱门外半圆形平台那里,嘴角漾出令人眷恋的笑意,不断向乘客说"再见"。我略一迟疑,转身向她迈近半步:"如果你不介意,我想提个建议……"她点头。"你刚才广播时说'大约20分钟左右'对吧?一般说来,'大约'和'左右'不宜连用,语义重复……"笑意从她嘴角消失。看我的眼神活像看我几天前在古玩市场淘来的缺一个耳朵的三耳青花瓷罐。但我当然不是三耳青花瓷罐。我知道此刻必须强调我的职业身份以增强建议的说服力。"我是语言学教授。"我在说谎,但并非完全说谎。她似乎颇不情愿地道出"是吗"。"是的。作为公共广播用语,我以为尤其应该精确。用词精确对任何公民都是一项良好素质。再见!"女孩在履行公务,我不便像讲课那样高谈阔论,迅速闪身告离。

从广州回来,我差不多紧接着去了长春。往返机舱广播语病毫无二致,但我再未建议。莫非这是训练有素的机舱广播标准用语?抑或受了紧随其后的英语表达方式的影响?我英语听力极差,无法确认。好在那不重要。重要的是汉语本身。

不容否认,现代人太忙。忙得就连我这个教书匠都必须出门就坐飞机——高铁都嫌慢——任凭谁都没有背着酒葫芦倒骑毛驴"两句三年得,一吟双泪流"那样的时间和雅兴。"僧敲月下门"也早已被"我敲电脑键"所替代。"语不惊人死不休"的追求倒是有,但追求的目的大多在于广告性、娱乐性效果。诸如"热卖""狂销""飙升""魅力四射""闪亮登场""震撼推出""精彩纷呈"……空洞花哨,千篇一律。甚至"美丽而漂亮的女孩"这类叠床架屋的句子也赫然出现在一家散文名刊的"卷首语"之页,同"大约20分钟左右"相比有过之而无不及。以致原本以优雅、洗练、美丽为特色的汉语日益低俗、臃肿和粗鄙。

难道这就是作为李白、杜甫、苏东坡、曹雪芹的或嫡系或非嫡系的后代的我们吗？广播空姐的语病，尚可借助美丽的形体语言加以修补，而大多数人显然无此优势，可不慎乎？

（2012.6.16）

呜呼《关云长》

这年月，谁都忙，我也忙。没时间看电视，更没时间看电影。说来怕你不信，三十年间进电影院看电影决不超过五次。尽管如此，最近我还是特意上街拈一张五十圆钞票看了电影《关云长》，倒不是对姜文、甄子丹和刘备的小妾感兴趣，而是出于自小对《三国演义》的偏爱。三国衮衮诸公，文官尤服诸葛孔明，忧天悯人，治世以德，鞠躬尽瘁，死而后已；武将尤服关云长，义不负心，忠不顾死，一朝结义，终身相随。看电影海报，战袍长须，立马拖刀，足以令人想象其单骑千里的勇武之姿。

万万没有想到，银幕上的关云长那般矮小，甚至有几分猥琐之相。作为千里走单骑的经典镜头却几乎不骑马，居然赶着一辆小马车，车上坐着颇有几分姿色的刘皇叔没过门的小妾——如此一男一女惶惶然凄凄然晓行夜宿一路颠簸。虽不至于眉来眼去勾搭成奸来个"一夜情"，但最后相拥相抱的镜头也足以倒人胃口……简直一塌糊涂，是可忍，孰不可忍！没有任何打动人心的精神元素，只有视觉上的暴力、血腥和莫名其妙的"叔嫂恋"。主题混乱，语言混乱，人物混乱，情节混乱。如一位网友所言：看了关云长才知道鼓掌礼节是在中国发源的；看了《关云长》才知道古代中国也有"户口"之说；看了《关云长》才知道曹操是用白毛巾为部下止血的。居然有如此浅薄、粗糙、不堪入目的当代中国电影。总之一句话，恶搞，纯属恶搞！

或许有人反驳说，以群众喜闻乐见的通俗形式进行文化启蒙有何不好？与时俱进地给古典小说注入富于时代感或现代性的血液有何不好？可问题是，通俗不等于低俗，启蒙未必要稀释，喜闻乐见亦不同哗众取宠画等号。而时代感或现代性也绝不意味必须恶搞。毫无疑问，任何形式的传达或表演都是一种信息，都有可能让观众、听众接受和认同制造者的观点。而当其观点是荒唐无稽的东西的时候，对于文化遗产必然是一种解构和摧残。

所以恶搞，所以产生这种文化恶搞现象，说到底，无非利之所趋。有些人口称同大众接轨，同现代接轨，同国际接轨，其实不外乎同市场接轨，同收视率接轨，同门票接轨，即同钱接轨罢了。身为知识分子尤其知识精英，难道就不晓得恶搞的结果只能使几经摧残后已然风雨飘摇的传统文化在廉价的笑声中彻底沉下水去？就不晓得这样会拔掉自己的根？别人想拔掉我们的根倒也罢了，费解的是我们竟要自己动手拔掉自己的根！退一步讲，如果中国知识分子只能以恶搞民族经典这一形式取悦于社会，放弃为民众提供更高层次精神食粮的使命，那么除了说明中国知识分子已经浮躁和堕落到可悲地步还能说明什么呢？

我们动不动就说同国际接轨，那么国外是怎样的呢？就西方人来说，无论从事何种职业，都通过阅读原始文本——而非改编本——学习过荷马史诗、希腊哲学以及莎士比亚的文学名著。法国有专门机构管理名著的改编，谁都休想利令智昏地恶搞《悲惨世界》这样的经典之作。日本人对自己的经典和传统文化同样怀有尊崇和呵护之情。众所周知，《源氏物语》是日本以至世界上第一部长篇小说，对于这部文学经典，日本人从未搞过"大话"、戏说之类，更不曾改编得啼笑皆非。说起来，日本人改编了《三国演义》（日本习称《三国志》），改编了《西游记》，偏偏没有改编《源氏物语》。因为那里有日本和日本人的根。而那是不允许随便触动和恶搞的，不允许使其变成媚俗的浅薄的东西。

西方人也好，同为东方人的日本人也好，为什么人家就能对自家经典，对传统文化保持足够的严肃、恭谨、虔诚和敬畏，而我们偏偏热衷于不伦不类的戏说和恶搞？一位名叫赫胥黎的西方人曾预言文化迟早消亡，消亡的原因是文化沦为"搞笑"。另一位名叫尼尔·波兹曼的西方人写了一本书——《娱乐至死》，直译乃为"把我们自己娱乐死"。难道我们中国人当真要通过搞笑自己把自己娱乐死不成？

谁导演的？关他三天禁闭！

（2011.5.15）

村上春树何以中意陈英雄

六月中旬的上海国际电影节无疑是沪上一件文化盛事。其间,电影版《挪威的森林》举行了专场新闻发布会。导演陈英雄和渡边君的扮演者松山研一参加了,我也参加了。我参加的原因,自然因为我是小说版《挪威的森林》的译者。无须说,没有村上春树的小说《挪威的森林》,就不会有这部电影;同样,没有《挪威的森林》的中文译本,恐怕也不会有这部电影的引进。在这个意义上,笔者可以说是始作俑者。既然如此,我就多少有责任回答不少人怀有的一个极为朴素的疑问:村上春树为什么选择陈英雄执导这部电影?

我和电影原著作者村上春树见过两次。二〇〇八年十月底第二次见他的时候,因为在那之前不久媒体报道《挪》将由越南裔法国电影导演陈英雄搬上银幕,所以当面问他有无此事。村上回答确有此事。他这样说道:"就短篇小说来说,如果有人提出拍电影,一般都会同对方协商,但长篇是第一次,因为这很难。不过《挪》还是相对容易的,毕竟《挪》是现实主义小说。"他说关于《挪》此前也有人提出拍电影的事,他都没有同意。而这次他同陈英雄在美国见了一次,在东京见了两次,觉得由这位既非日本人又不是美国人的导演拍成电影也未尝不可。至于演员,可能由日本人担任。村上最后是这样结束这个话题的:"将会拍成怎样的电影呢? 对此有些兴趣。不过一旦拍完,也许就不会看了。以前的短片都没看,没有那个兴趣。"

的确,《挪》在日本走红之后,据说一位名叫原田真人的电影界人士给村上写信,希望允许他立马搬上银幕,不料村上一口回绝,说即便库伯里克(Stanley Kubrick)提出申请也不理睬。库伯利克是美国的大牌导演,导演过《斯巴达克斯》和《2001 太空漫游》等名作,当时的声望未必在今天的陈英雄之下。那么,为什么后来村上同意由陈英雄出手了呢?

其实村上在上面那段话中已经明确给出了答案,那就是:陈导"既非日本人又不是美国人"。大家知道,村上是地地道道的日本人,并且很熟悉美国人,外国朋友中也以美国人居多。但作为事实,身为日本人的村上的确不看日本国产电影,同时好莱坞那样的电影制作模式又难免使他感到焦躁和疲惫。而更重要的原因,则在于陈英雄"既非日本人又不是美国人"这一特殊身份。进一步说来,陈导还既非越南人又不是法国人。这样的特殊身份意味着什么呢?意味着一种第三者眼光或游离于外部的视线。换言之,这样的身份很容易使得陈英雄对所处理的题材保持相应的距离感——实际上陈导拍摄的越南题材电影也大多给人以仿佛隔岸观火的冷静的距离感——而距离感或疏离感恰恰是村上文学的一个主要特色。唯其如此,村上也才从这位越南裔法国导演的作品风格中敏锐地嗅出了相似的距离感,进而产生信赖感,最终向影片制作方日本 TV 局推荐了陈英雄。

至于村上此举是否正确或陈导是否不负村上厚望,日本国内外众说纷纭,褒贬不一。不过我想,从电影中具体考察和体味这种距离感或外部视线,也未尝不是一种乐趣,一种知性的审视性的乐趣。日本国内报道说"是村上春树本人看了脚本后决定开拍的",还说"村上君极力称赞扮演直子的女演员的演技"。对此有人相信,有人不相信或不情愿相信,信不信由你。反正作为我可是满怀期待的。

所以满怀期待,此外还有一个大约只适用于我的小小原因——我觉得译者,尤其文学翻译家和电影导演有一个相似之处,那就是:二者都是以自己的解读方式使原著生命在另一符号系统中获得再生。作为导演的陈英雄主要运用影像符号系统达到这一目的,作为译者的我则利用汉语这一不同于日语的语言符号系统向这一目标逼近。与此同时，二者的危险性也大体相同：或工于技巧，因匠气太重而堵塞原著精髓的传达；或失于粗疏，因功力不足而妨碍原著美感的再现。总之都影响原著生命及其美感的再生。作为同类，但愿陈导在这方面有比我远为出色的表现。平心而论，对中国观众来说，陈导所传达的，较之原著文本，恐怕更是中文译本所再现的原著美感和生命。这是因为，观众大部分首先是中文译本的读者。在这个意义上，倘若中国观众觉得电影同原著即电影版《挪威的森林》同中文版《挪威的森林》之间存在难以接受的距离感，那么责任究竟在谁呢？借用莎士比亚《哈姆雷特》中的经典句式：在陈导，还是在我，这是个问题。而最理想的结论是：谁的责任都不是。但愿。

（2011.6.23）

"蟹料理"席间的错位

　　2012 年是中日恢复邦交 40 周年。6 月 20 日,由中国日报社和日本言论 NPO 共同实施的第八次 "中日关系舆论调查" 结果在东京发布。结果显示,中日关系的重要性得到双方一致高度认可。而对其现状看法则不容乐观: 中方普通民众认为 "非常好" 或 "比较好" 的为 42.9%,日方同一比率仅为 7.4%,均较去年下跌。其中尤为让人深思的是双方好感度: 日方受访民众逾八成对中国无好感,中方对日本无好感的占六成左右。也就是说,绝大多数日本人不喜欢中国。

　　就是在这样的背景下,我和我的两位大学同事应邀去日本总领事官邸做客。总领馆馆员 F 小姐在大厅迎候。得体的着装,干练的举止,适度的笑意,给人的感觉相当不错。招待的是日本料理 "蟹料理",单间,地道的日式装修风格,原色细木格拉门拉窗,大大的长方形矮脚桌,崭新的榻榻米。日式吸顶灯均匀地洒下淡黄色的灯光。总领事先生在灯光下立身欢迎我们。五十岁上下的职业外交官。藏青色西装,雪白的衬衫,素雅的领带,倒是没有穿皮鞋(脚下是榻榻米)——西装而不革履。脸上此刻带着半是外交官半是学者韵味的笑容招呼既不西装又不革履的我等三人入座。我坐下四下打量,夸奖房间装修很日本,对曰上星期刚刚开业。我问装修工匠可是从日本请来的?对方回答厨师是日本人——答非所问。一定是我的日语发音不准造成的错位。没办法,关键时刻我的发音每每不准,错位责任完全在我。我何苦讲哪家子日语呢?不过我很快就明白了,这仅仅是今天一连串错位的开端。

寒暄性闲聊。总领事先生二十世纪八十年代在南京大学留学两年,F小姐新世纪在山东大学"研修"汉语,两人都会讲汉语。但日本人有"忍者"传统,此时不讲汉语,由我们讲日语——我们在本土讲外语,他们在异域讲母语。按理,应颠倒过来才是。又一种错位。也罢,正好练练日语口语,至少趁机校准一下日语发音也好。

日本外交官没让我兀自吃着螃蟹练口语,更没校正我的发音。举起清酒干杯之后,总领事先生不知从哪里取出本文开头所说的"中日关系舆论调查"复印件,像在总领馆办公桌上那样研读起来。啧啧,日本人就是敬业,不服不行。交谈随之转入正题。我们对何以有八成之多的日本人不喜欢中国——反超不喜欢日本的中国人两成不止——感到费解,总领事先生则好像更对何以有三成中国人认为日本仍是军国主义而非民主主义国家这点感到耿耿于怀,问我们这是为什么?我们则反问日本曾经的首相为什么连续参拜靖国神社?问东京知事石原慎太郎先生为什么选在中日恢复邦交四十周年之年高调声称购买我国领土钓鱼岛?不用说,这种性质的错位绝不是"蟹料理"席间所能解决的。好在双方都够聪明,知道适可而止,开始把注意力转向清酒和螃蟹。你别说,清酒正适合吃"蟹料理"。

说起"蟹料理",在我还有个错位。赴宴前F小姐打电话问吃"蟹料理"如何。因为牙有点痛,加之以中国人感觉,觉得张牙舞爪的螃蟹不适合有外交礼仪意味的宴会,毕竟吃相很难文雅。但这话终究不宜出口。没想到,实际端上来的并非张牙舞爪的螃蟹,螃蟹已被彻底分解:爪是爪,腿是腿,腹是腹,而且都被恰到好处地划开了口,且配以恰到好处的蟹肉刀。吃起来真可谓得心应手,像剥花生豆一样容易,吃相想不文雅都不可能。喏,日本人、日本厨师想的就是周到——一个令人惬意的错位。但愿世间所有错位尽皆如此,但愿。

(2012.6.30)

"班花"与日本人的婚礼

我虽然已婚,但没举行过婚礼。也基本没参加过别人的婚礼。弟妹们的都没参加过,弟妹们的子女即我的侄子侄女外甥的就更不用说了。岭南塞北,关内关外,不可能为别人的婚礼往来奔波。单位同事的也没参加过,没人邀请。为什么没人邀请呢?我虽然与人寡合,但绝非冷漠之人,又不差钱且不小气,但就是没人邀请。一个谜。

不过说老实话,我的确认为婚礼多此一举。古代没有结婚登记之说。坐花轿拜天地则意味着一种法律认证仪式,自是少不得的。如今两人坐公交车或步行跑去民政局领了结婚证,夫妻关系即告成立。没领结婚证,婚礼哪怕举办十场也是非法婚姻。何况结婚纯属一男一女私密之事,又不是美国攻打伊拉克或收拾卡扎菲,无须通告天下。还有,恕我直言,为他人结婚而欢欣鼓舞的人少而又少。愁眉苦脸固不至于,但心里痒痒的或酸酸的保准大有人在。

话虽这么说,前不久我还是参加了一场婚礼。学生的婚礼。准确说来,是我指导过的女硕士研究生的婚礼。积我任教三十载经验,总结出这样一条规律,男人这东西,学历越高长相越好,风流倜傥一表人才的男博士绝非凤毛麟角;女性则相反,"回头率"随着学历增高而递减。说白了,由学士而硕士而博士,一个比一个丑。提起相看女博士,男人大多抱头鼠窜。事情何以如此呢?思索再三,至少有一点不难明白:女孩若天生丽质,所受诱惑必多,想安心搞研究做学问也难。不信你来敝校对虾养殖实验室瞧瞧,绝对瞧不见顾盼生辉的女研究生正穿着白大褂细看试管看个没完。

但凡事总有例外——或许也是因为我不搞对虾研究而对搞吃对虾的日本作家日本文学有研究——我带的研究生每届总有一两个看得下去的女孩。其中一个据说小学中学大学一直是"班花"的女研究生日前兴冲冲打电话报告要结婚了,邀我参加婚礼。"还是那个日本人?"我问。"还是那个呀!那还能老换?!""好,'鬼子进村了',我一定去!"

那个日本人也好这个日本人也好,总的说来,我不大赞成中国女性下嫁日本男人。何况是自己教过的"班花"。我说一定去,本意是想确认那个日本人到底怎么样。倘不怎么样,我要当即拿出导师的威严下令她中止婚礼以保清白之身。

结果,想必女研究生明白我的心思,偎着日本新郎官站在宴会厅门口的她第一句就问:"林老师,怎么样啊?"我让目光在日本人身上停了3.5秒:一身浅灰色西装正合时令,斜纹领带也相当不俗,眼睛也像望"导师"一样望着我。于是我用日语答道いいんじゃないですか(还算可以吧)。是的,还算可以。个头介于高大与矮小之间,体形介于壮实和瘦削之间,长相介于上海人与福建人之间,气质介于副科长和高中语文老师之间。问之,实际年龄介于三十与四十之间,但看上去好像介于二十和三十之间。总之一切都是"之间",不偏不倚。嗯,适中就好!我姑且打消了下令中止婚礼的念头。说实话,这让我舒了口气。毕竟中止婚礼非同儿戏。新娘哭着宣布同我断绝师生关系事小,影响中日友好事大。

　　日本新郎是青岛H家电产销公司外请的工程师,每一两个月从日本飞来一次,一次住十来天。女研究生是在H公司实习当翻译期间与之相识相恋的。看样子新郎基本不懂汉语。司仪叫他给女方戴婚戒,喝交杯酒以至贴脸、接吻都要新娘当翻译。我在台下冷静地注视着这一切。别的倒也罢了,当看到那个日本人抱着吾国"班花"女研究生贴脸接吻时,老实说,无论作为老师还是作为中国男性,心里都觉不爽。要知道,据最新全国人口调查数据,中国男性比女性多出3000万。3000万绝对光棍!这场婚礼意味着,由于这个日本男性的出现,我国光棍又活活增加了一个。就这点而言,此君乃不折不扣的入侵者。可我又能做什么呢? 唯"围观"而已。

不料,在场的其他人似乎都没这么想。若干桌 H 公司的中国男性员工无不傻乎乎乐呵呵地望着两人,随即不断向两人祝贺。其中一位还端着酒杯坐到我身旁:"放心,林老师,这个日本人绝对可以信赖! "继而夸奖这个日本人工作如何一丝不苟如何任劳任怨。我因此得知,这场婚礼其实是 H 公司主办的,日本新郎早上才从日本飞抵⋯⋯于是我大体放下心来。放心之余,不由暗暗感叹:人类真是伟大啊,动物族群肯定不会容忍这个"入侵者"⋯⋯

（2012.4.2）

《青岛晚报》：永远的槐花
——写在《青岛晚报》创刊二十周年

我面前放着一张十多年前的《青岛晚报》。纸泛黄了，日期为 2000 年 5 月 31 日，《青潮》副刊。上面有一篇小文章：《槐树何苦开花》，署名"林少华"。文章不足八百字，真正的"豆腐块"。注视之间，我的情思迅速后移。

一九九九年八月下旬，我离开生活了二十一年的广州，离开工作了十七年的暨南大学，只拿几本书孤身北上，来到青岛，来到青岛海洋大学任教。并不夸张地说，我是"三无"人员：无户口，无档案，无家。举目无亲，也没有朋友，如一个倒立的惊叹号。住在海大浮山校区教工宿舍一个小套间。学生不知从哪里为我搬来一床一桌一椅和一个书架，想必是学校闲置的旧物——时隔一二十年，我几乎倒退回了学生时代。我迄今的人生算是怎么回事呢？我固然翻译村上春树，但译者并非他作品中的主人公,然而我觉得自己越来越向其作品人物接近:男性,单身,异乡人,文化"扫雪工"……

当时宿舍前面不远海边那里还是一大片渔村,加之校园位置较高,即使从我住的一楼阳台也可望见波光闪闪的海面。风急浪高的夜晚,不时有涛声隐隐传来桌旁或枕旁,我就在涛声中备课、看书或怔怔遐想。也是因为当时《涛声依旧》那首歌流行过不久,每次听得涛声便不由得想那首歌的情境,涌起孤独的人生况味。

能多少化解孤独的,就是去山上散步。夏荫。秋叶。冬日的寒风。春天很快转来,五月,五月槐花香。我对槐树并不熟悉。长大的东北没有,工作过的广州也没有,去北京时倒是见过槐树,但没赶上槐树开花。因此,当校园后面的浮山开满槐花的时候,我惊呆了,也乐坏了,每天早上爬起来就往山上跑。槐花给我的感觉主要不是漂亮,而是干净:玉洁冰清,珠滑玉润,一尘不染。我大体算是有某种洁癖的人,越看越不忍离去。岂料惨象很快出现了:槐树许多枝条被拉弯折断,有的甚至被拦腰砍倒,白净净的花串不见了,而代之以白花花的断茬。我问同事何以如此,答曰盖因花可食也:炒鸡蛋、做包子馅……于是我写了那篇小文章《槐树何苦开花》:何苦开可食之花,以致惹此横祸上身!

写罢重抄一遍,装进信封寄给了《青岛晚报》副刊部。不出几日,我惊喜地发现见报了!又不出几日,一位自我介绍说是刘涛的编辑打电话来,说我调来青岛"是青岛文化界一件不算小的事",随后问了我一些情况。很快,6月11日《书趣》版刊出刘涛的文章:《村上春树的译家在岛城》。文章最后说:"在青岛的青山绿水的滋润下,我们期待着林少华教授更多的译作面世。"大约一个月过后,时任副刊部主任的陈为朋先生邀我去报社访问,把我介绍给岛城作家尤凤伟和杨志军。

从此,我开始为青岛这座城市所认识和接受,而这对于十一年前"独酌无相亲"的我不知是多么大的慰藉!尤其,《槐树何苦开花》是我的第一篇散文习作——在这个意义上,《青岛晚报》无疑是我的文学创作之舟扬帆起锚的港湾,是我心间永远的槐花!

(2011.12.26)

中年是一部小说

人生四季,少年、青年、中年、老年。如果说少年是一支歌,青年是一首诗,老年是一篇散文,那么中年则是一部小说。歌者,"小燕子,穿花衣,年年春天来这里";诗者,"仰天大笑出门去,我辈岂是蓬蒿人";散文者,"醉翁之意不在酒,在乎山水之间也"。至若小说,"我冒了严寒,回到相隔二千余里,别了二十余年的故乡去。……我的心禁不住悲凉起来了。"我以为,中年心境,多少都与悲凉有关。至少于我是这样。

其实,按传统人生分法,作为"50后"的我,该是老年了。所幸如今四十五前都还是青年,因而自己尚可在中年队列里暂且赖上几天。但今天我更想说的是世纪之交处在典型中年阶段的自己。

世纪之交,我在岭南的广州。说起来,我在广州生活了二十一年,仅在暨南大学任教就有十七年。平心而论,不能说广州那座城市待我不好。整体上广州固然有排外倾向,但对我这个北方佬还算是友善的。毕竟当年有广州姑娘嫁给了我,研究生毕业不到三年就接过了副教授聘书,教授这个正高职称也是在广州捞得的。更重要的是,翻译家也好翻译匠也罢,其第一步无疑始于广州。至少,村上春树的主要作品是我吃着广州大米喝着"王老吉"翻译出来的,并且得到了认可和好评。在别人眼里,我或许是个如日中天的中年人、中青年教授和翻译家。不料,就在那个时候,我的人生陡然跌入了低谷。

表面上,我照样上课,照样面对一大帮子如花似玉的港澳女生眉飞色舞,照样在有关会议上振振有词。没有领导看我不顺眼,没有同事数落我的不是,更没有人暗中使坏。我自己也并没有无精打采面黄肌瘦。然而我知道——别人估计没人知道——我的生命之舟驶入了夜幕下暗礁遍布的航道。白天在书桌前每每对着摊开的稿纸一两个小时硬是一个字也写不出,夜深人静时分常常独自踱去窗口,默默望着灯火阑珊的夜景。就好像所有的广州人都去看云蒸霞蔚的凤凰花紫荆花时,自己独自躲在阴冷的灌木丛里悄悄舔舐正在滴血的伤口。我隐约感觉,我再不能在广州这座城市待下去了,或者说这里已不是久居之地。那是我刚过四十五岁的时候。

那时我来到了青岛。我虽然祖籍蓬莱,和青岛同属胶东半岛,但来青岛是第一次,来山东也是第一次。我想肯定是长眠于胶东半岛的先辈亲人唤醒我身上潜在的血缘因子——在此之前我从未意识到这种因子的存在,甚至从未意识到我是山东人——使得我对青岛一见如故。说得唯心些,恍惚觉得儿时梦中某个场景倏然复苏过来。路边不无寂寞的蒿草和野花,槐花树枝间突然喳喳两声的长尾巴喜鹊,海边渔村巷口的水仙花、鸡冠花、牵牛花,老式民居门旁披半身夕晖的歪脖子垂柳——一切都有强烈的似曾相识之感,给了我无可名状的慰藉,使我一时忘却了一两年来浸没心头的悲凉。

天佑人助,几个月后我正式北上青岛,调来青岛海洋大学任教。那是一九九九年秋季学期前的事了。于是我在青岛迎来了新世纪的钟声。记得在那前后,我原来任教的单位打来电话,问我在青岛拿多少钱,我说一千挂零。对方随即告诉我那里已开始实行"绩效工资制",粗略计算,我一个月可以拿到四千七百元左右,乃"外语系首富",劝我最好回去(顺便说一句,人家没放我,档案户口仍在那边),我婉言谢绝了。我想说而没说的是,哪怕钱再多,也买不来牵牛花、喜鹊和水天一色的海景吧?

也是因为这个,上课之余我开始尝试写作,写散文写杂文。何况,我是中国人,村上春树再优秀也是日本人——一个中国大男人名字总是小两号跟在日本人名字后面,总让人心有不爽。幸运的是,刚写就被青岛这座城市接受和喜爱。几年写下来,写成了"半拉子"作家——广州让我成为翻译家,青岛帮我成为作家,而且都是在中年阶段。这么着,至今我也没为我的中年北上选择感到后悔。在这个意义上,是青岛,是胶东故土让我翻开了中年这部小说新的一章。

(2012.3.20)

村上的"小确幸"和我的"中确幸"

"小确幸"——微小而确实的幸福。能否被收入日语辞典我无法预测,反正确是村上春树一个小小的发明。最先出现在彩图随笔集《朗格汉岛的午后》(1984),指的是抽屉中塞满漂亮的男用内裤(pants)。后来至少在《村上广播》(2001)这本我刚译完的随笔集中又出现一次,指的是棒球赛开始前在小餐馆一边手抓生鱼片喝啤酒一边看厨师做"粗卷寿司"。但最详细的一次,应该是1998年10月8日1:32PM回答网友提问的时候。一位四十一岁的女秘书请村上介绍他的小确幸,村上说他的小确幸多得数不胜数。容我编译如下:

买回刚刚出炉的香喷喷的面包,站在厨房里一边用刀切片一边抓食面包的一角;

清晨跳进一个人也没有,一道波纹也没有的游泳池脚蹬池壁那一瞬间的感触；

一边听勃拉姆斯的室内乐一边凝视秋日午后的阳光在白色的纸糊拉窗上描绘树叶的影子；

冬夜里，一只大猫静悄悄懒洋洋钻进自己的被窝；

得以结交正适合穿高领毛衣的女友；

在鳗鱼餐馆等鳗鱼端来的时间里独自喝着啤酒看着杂志；

闻刚买回来的"布鲁斯兄弟"棉质衬衫的气味和体味它的手感；

手拿刚印好的自己的书静静注视；

目睹地铁小卖店里性格开朗而干劲十足的售货阿婆。

以上9个"小确幸"，第3个第8个最为感同身受，第5个最为求之不得。其他虽可认同，但大体与己无关。

我当然有我的小确幸。以暑假在乡下为例，如清晨忽然发现自己栽的牵牛花举起了第一支紫色的小喇叭；如中午钻进黄瓜架扭下一根黄瓜没洗就"咔嚓"一口；如傍晚时分从地里拔出一根大葱轻轻拉下带泥的表皮而露出白生生的葱白。就时下而言，如静静凝视一片金黄色的银杏叶拖曳一缕夕晖缓缓落下；如散步时发现山路旁一簇野菊花正在冷风中扬起楚楚可怜的小脸……的确像村上所说，没有小确幸的人生,不过是干巴巴的沙漠罢了。不过今天就不再列举"小确幸"了,而想说一个"中确幸"。

九月下旬,我应邀作为嘉宾去上海参加"寻找村上春树宋思衡多媒体音乐会",下榻南京东路一家高耸入云的酒店。五星级,套房,水晶基调,或银光熠熠或玲珑剔透或粲然生辉,完全用得上"奢华"二字。看得出,设计者和经营者的目的是希望有无数小确幸、中确幸以至大确幸在这里发生。可问题是,奢华同这个并无因果关系,至少对我是这样。之于我的中确幸发生在酒店外面。

早上起来去外面散步。出门往后一拐就是南京路步行街。毕竟七时刚过,步行街还没有多少人步行,清晨的阳光从高楼空隙间洒在不多的梧桐树上和平整的石板路面,显得那么通透疏朗,一览无余。往东没走几步,发现一座商厦前小广场那里有三四十人正在跳舞,几乎全是中老年人,一对对一双双随着悠扬的乐曲缓缓移动脚步。我自己不会跳舞,看也看不大懂,但还是不由得停下来静静观看——里面分明有一种东西吸引了我,打动了我。那东西是什么呢? 我的目光再次落在眼前一对老者身上。男士相当瘦小,而且其貌不扬,但穿戴整齐,皮鞋锃亮,隐条西裤,裤线笔直。因为瘦,裤腰富余部分打了折,打折那里挂一串钥匙。舞步熟练,进退有据,收放自如,每隔几个回合就拖女方旋转一圈,尔后悄然复位,极为潇洒。

脸上满是皱纹,眼睛微闭,神情肃然。我久久看着他,努力思索究竟是他身上的什么打动了我。我必须给自己一个答案。答案终于出来了,打动我的是他身上近乎庄严的真挚和一丝不苟——他绝不苟且,哪怕再老再丑,哪怕磨损得再厉害。他其实不是在跳舞,而是和他的相伴走过漫长人生的妻子来这里小心翼翼地体味和确认某种唯独属于他们的幸福。换言之,那是一种幸福的认证仪式。

　　第二天早上我又去了,他和她仍在那里,简直是前天的拷贝。第三天早上我又去了,又看他们看了好久。绝不苟且的美。说实话,一年来还不曾有哪一种美这么深切地打动过我。我知道,那对于我也是一种幸福的认证,一种"小确幸",不,至少"中确幸"的印证,尽管我清楚自己将来不可能跳舞。

(2011.11.6)

歪打正着：我的文学翻译之路

梁实秋本打算用20年译完《莎士比亚全集》，而实际上用了30年。译完后朋友们为他举行"庆功会"，他在会上发表演讲："要译《莎士比亚全集》，必须具备三个条件。一是必须不是学者，若是学者就搞研究去了；二是必须不是天才，若是天才就搞创作去了；三是必须活得相当久。很侥幸，这三个条件我都具备。"众人听了，开怀大笑，气氛顿时活跃起来。作为我，当然不能同梁实秋相比，但他说的这三个条件，我想我也大体具备。我不是像样的学者，更不是天才。即使同作为本职工作的教书匠相比，最为人知晓的也仍是翻译匠。

其实，即使这最为人知晓的翻译匠，也纯属歪打正着。过去有名的翻译家，如林琴南、苏曼殊、朱生豪、梁实秋、周作人、鲁迅、郭沫若、丰子恺、冰心、杨绛、傅雷、王道乾、查良铮、汝龙等人，大多出身名门望族或书香门第，自幼熟读经史，长成后游学海外。故家学(国学)西学熔于一炉,中文外文得心应手。翻译之余搞创作,创作之余搞翻译,或翻译创作之余做学问,往往兼翻译家、作家甚至学者于一身,如开头说的梁实秋实即完全如此,也是众人开怀大笑的缘由。而我截然有别。二十世纪五十年代初,我出生在东北平原一个至少上查五代皆躬耕田垄的"闯关东"农户之家——林姓以文功武略彪炳青史者比比皆是,但我们这一支大体无可攀附——出生不久举家迁出,随着在县供销社、乡镇机关当小干部的父亲辗转于县城和半山区村落之间。从我上小学三年级开始定居在一个叫小北沟的仅五户人家的小山村。小山村很穷,借用韩国前总统卢武铉的话说,穷得连乌鸦都会哭着飞走。任何人都不会想到,那样的小山沟会走出一个据说有些影响的翻译家。说白了,简直像个笑话。

回想起来,这要首先感谢我的母亲。六十年代三年困难时期如果母亲不把自己稀粥碗底的饭粒拨到我的饭盒里并不时瞒着弟妹们往里放一个咸鸡蛋,我恐怕很难好好读完小学;其次要感谢我的父亲。爱看书的父亲有个书箱,里面有《三国》《水浒》和《青春之歌》《战斗的青春》等许多新旧小说,使我从小有机会看书和接触文学。同时我还想感谢我自己——感谢自己对看书毫不含糊的痴迷。我确实喜欢看书。不喜欢说话,不喜欢和同伴嬉闹,只喜欢一个人躲在那里静静地看书。小时所有快乐的记忆、所有刻骨铭心的记忆几乎都和书有关。现在都好像能嗅到在煤油灯下看书摘抄漂亮句子时灯火苗突然烧着额前头发的特殊焦煳味儿。

这么着，最喜欢上的就是语文课，成绩也最好。至于外语，毕竟那个时代的乡村小学，没有外语课，连外语这个词儿都没听说过。升上初中——因"文革"关系，只上到初一就停课了——也没学外语。由外语翻译过来的小说固然看过两三本，如《钢铁是怎样炼成的》《一个真正的人》以及《贵族之家》，但没有意识到那是翻译作品。别说译者，连作者名字都不曾留意。这就是说，我的少年时代是在完全没有外语意识和翻译意识的意识中度过的。由于语文和作文成绩好，作为将来的职业，作家、诗人甚至记者之类倒是偶尔模模糊糊设想过，但翻译二字从未出现在脑海里，压根儿不晓得存在翻译这种活计。一如今天的孩子不晓得"无产阶级文化大革命"革的是什么命。

阴差阳错，上大学学的是外语——日语。不怕你见笑，学日语之前我不知晓天底下竟有日本语这个玩意儿。以为日本人就像不知看过多少遍的《地道战》《地雷战》里的鬼子兵一样讲半生不熟的汉语：张口"你的死啦死啦的"，闭口"你的八路的干活？八格牙路！"入学申请书上专业志愿那栏也是有的，但正值"文革"，又是贫下中农推荐的"工农兵大学生"，所以那一栏填的是"一切听从党安排"。结果,不知什么缘故——至今也不知道,完全一个谜——党安排我学了日语。假如安排我学自己喜欢和得意的中文,今天我未必成为同样有些影响的作家;而若安排我学兽医,在农业基本机械化的今天,我十有八九失业或开宠物诊所给哈巴狗打绝育针。但作为事实,反正我被安排学了日语,并在结果上成了日本文学与翻译方向的研究生导师,成了大体像那么回事间或满世界忽悠的翻译家。当然,事情也可以有另一种解释:命运!或者说际遇。命运也罢际遇也罢,以中国传统文化和个人现实感受言之,恐怕都不能完全否定其中含有不可控的超越性因素,但更重要的,还是人的努力、人的安排。

我的翻译活动始于研究生毕业在暨南大学任教的一九八二年以后。八四年命运性地为广东电视台翻译了由山口百惠和大岛茂主演的二十八集日本电视连续剧《命运》(赤い運命)。不瞒你说,连中文系饶芃子先生那样的名教授都说译得好。接着翻译了夏目漱石的代表作《哥儿》(坊っちゃん),最初发表于暨南大学外语系主办的《世界文艺》,刊物主编、已故英语教授张鸾玲先生赞叹"这才是小说"。八八年承蒙中国社科院外文所日本文学专家李德纯先生推荐,我的翻译活动再次迎来一种命运性:开始翻译村上春树的《挪威的森林》。南京大学许钧教授曾对作家毕飞宇说:"一个好作家遇上一个好翻译几乎就是一场艳遇。"这句话反过来说也应该一样。"艳遇"是什么，艳遇其实就是命运，就是命运性。总之，不仅起步顺利，整个翻译进程也够一帆风顺。

不过，我没有受过专门翻译训练。既没有上过翻译专业学位研究生班，又没有攻读有关学术学位。而作为翻译实践，说得夸张些，可以说出手不凡。一次偶尔翻阅刚刚提及的三四十年前翻译的《哥儿》，发现那时就已达到一个今天也未必就能达到的高度。换言之，历经三四十年漫长的岁月，我的翻译水准好像全然没有提高——这个发现让我惊讶得好半天说不出话来。那么，这是否意味着翻译不必接受专业训练或者我走上翻译道路之前从未做过这方面的努力呢？回答是否定的。就此我想说两点。一是——上面我说过了——我自小喜欢看书，喜欢文学，这培养了我的文学悟性、写作能力和修辞自觉；二是大量文本阅读。即使在批判"白专道路"的"文革"工农兵大学生时期，我也读了多卷本《人墙》（人間の壁）、《没有太阳的街》（太陽のない街）等日本无产阶级作家的作品。读研三年又至少通读了漱石全集。这打磨了我的日文语感，扩大了词汇量。我教翻译课也教三十年了，深感如今的大学生、研究生缺少的恰恰是这两点。而若无此两点，那么，哪怕攻读十个翻译专业学位，哪怕再歪打正着，恐怕也是不大可能成为翻译家尤其文学翻译家的。必须说，歪打正着的偶然性之中包含着水到渠成的必然性。在这个意义上,我成为翻译家,既是歪打正着,又是水到渠成的结果。

（2012.9.21）